小福ときどき災難

群ようこ

集英社

小福ときどき災難◉目次

小《こ》福《ふく》ときどき災難

災い転じて福となす

二〇〇四年に着物の本のために着物姿を撮影してから十四年、再び着物本の撮影をすることになった。朝六時半に迎えの車が来るので、それから逆算すると、朝食を食べ、余裕をもって身支度を終えるには、朝五時には起きたい。撮影時には出版社の空き部屋で撮影用の着物に着替えるため、洋服で行って一から着替えるよりも、家を出るときから襦袢《じゅばん》を下に着て、普段着の着物で行ったほうが便利だろうと、足袋《たび》、肌着類、紬《つむぎ》の着物、半幅《はんはば》帯、帯締めを準備しておいた。お留守番するのが大嫌いなうちの老ネコに、

「明日はお仕事で朝早く出かけるからね。びっくりしないでね」

といい含め、ふだんは目覚まし時計をかけなくても起きられるのだが、念のためにちゃんと作動するか確認し、問題がなかったので五時にセットして夜九時に寝た。

うちのネコはどういうわけか、夜が明けるまで最低二回は私を起こしに来る。その日も夜中の三時に起こされた。何があるというわけではなく、ただ私が寝ているベッドの上に飛び

のってきて、ぐるぐると喉を鳴らして、体を撫《な》でてと訴える。

「はいはい、わかりました」

寝たままで適当に体を撫でてやると、それが癇《かん》に障《さわ》るらしく、

「わあっ」

と鋭く鳴いて、何だ、その態度はといいたげな目つきをする。

「はい、わかりました」

仕方なく体を起こし、

「本当にかわいいねえ。こんないい子はどこにもいないねえ」

と大げさに褒《ほ》めながらマッサージしてやると、大満足の表情でうっとりする。そして十分ほど満喫すると、

「もう結構」

と後も見ずに私が寝ている部屋から出て行き、リビングルームに置いてある自分のベッドに戻っていった。

そして再び寝たところ、しばらく経ってまた起こされた。ああ、またかと思いながら時計を見ると、三時四十五分だった。

「さっきから四十五分しか経ってないじゃないの。どうしたの」

そういいながら寝たままネコの体を撫でてやっていたが、どうもネコの様子がおかしい。どことなく緊張しているのである。そしてカーテンの隙間から漏れている光を見て、あれっと思った。これはどう考えても夜中の三時四十五分ではない。びっくりして飛び起き、リビングルームにある時計を見ると、何と六時十五分ではないか。昨夜ちゃんと時計が作動するか確認したのに、よりによってこの大事な日に故障したのだった。

「ぎゃっ」

何か月か前、突然、温水便座が壊れて水が大量に噴き出した次くらいに仰天した。いつもは私が外出する前には、まとわりついてくるネコなのに、私が、

「大変、大変」

と右往左往しているのを、おすわりして冷ややかな目で見つめていた。

(だから私が何度も起こしてやったのに)

そういっているようだった。予定では時間的余裕を持って、もちろん洗顔、食事の前の歯磨きも済ませ、朝御飯を食べてまた歯磨きをし、メイクはしてもらうものの、日焼け止めとリップクリームくらいは塗るはずだったのに、とにかく全速力で洗顔して化粧水をつけ、歯

を磨いて着物を着付けて、ああ、よかったとほっとしたとたんに、部屋のインターホンが鳴った。

車の中で今朝の事情を話すと、編集者は、

「全然、そんなふうには見えないですよ。ちゃんと着物も着ていらっしゃるし。朝御飯も食べないで大丈夫ですか？　会社に到着してから何か買ってきますね」

といってくれた。なんとか迎えの時間に間に合って車内で脱力したのだが、確認したにもかかわらず、よりによって大事な日の当日に壊れてしまった目覚まし時計に、まずとても腹が立った。

（家に帰ったら捨ててやる）

と怒りながら、寝過ごしたわけではなく、十五分前に目が覚めた私は運がいいとも思った。動物的な勘が働いたのだろうか。とりあえずよかったよかったと車に揺られながら、考えてみれば十二分でとりあえず外に出られるくらいに着物を着られたのだと気がついた。

今までは着物で外出するときは、一時間程度の余裕を見ていた。締めるのが半幅帯ではなく、名古屋帯や袋帯だったからなのだが、切羽詰まれば短時間で着られるとわかった。今まては切羽詰まってないから、だらだらと時間がかかったのである。きっと名古屋帯や袋帯だったら、迎えの車が来ても背中に垂れをだら〜とぶら下げ、結べなかった分を腕に抱えて車に乗ったに違いない。ともかく裸の状態から、着物を着て、半幅帯を締めるまで十二分間というのが、公には何の自慢にもならないが、私にとっては輝かしい最短着付け時間更新記録となった。

本を出版した際の撮影つきの著者取材のときも、私はヘアメイクはお願いせずに、ふだん自分がやっている化粧とはいえない程度の状態で撮影してもらっているので、十四年ぶりにプロにヘアメイクをしていただくのは、とても勉強になる。年齢を重ねて還暦を過ぎているので、当時の化粧とはずいぶん違うのだろうなと思いつつ、あれこれ質問をしながらメイクをしてもらった。

まずメイクの前の保湿とマッサージでずいぶん肌の状態が違ってくる。外見も重視の方々は、エステティックサロンなどで、このようなマッサージを受けているのだろうが、やはり効果があるのだろう。続いてメイクが始まる。私の敏感肌は昔よりはずっとましになったが、すべての化粧品が肌に合うわけではない。目の前にずらっと並べられた化粧品を見ながら、ヘアメイクの方が私の肌にのせるたびに、その感触や色味が気に入ると、仕事中に迷惑だろうと遠慮しつつも、

「それはどこのメーカーのものですか」

といちいち聞いた。

他の本にも書いたけれども、私が気に入って使っているものは、次から次へとなくなるというのが決まり事のようになっている。愛用していた『ローラ　メルシエ』のチークも廃番になって、あともう少しでなくなるし、日焼け止めをなるべく塗りたくない私が、やっと肌に合うものを見つけ、使い続けていたミネラルパウダーファンデーションが、リニューアルのために成分が変わってしまった。私は紫外線を防ぐＳＰＦ値にそれほどの高さを求めておらず、そのほうが肌に負担が少ないので値が26程度のものを選んでいた。しかしリニューアルしたものは、数値が一気に50になっていた。調べてみたら私の肌に合わない成分の分量が、一気に上がっている。試しに買ってみたら、肌につけたとたんに、ぴりぴりしてきたので、これはもう使えないなとがっかりした。買い置きが一個あるので、それを使い切る前に新しいものを探さなくてはならなくなった。

撮影用のメイクはコンシーラー、リキッドファンデーション、パウダーファンデーション、ルースパウダーなどを駆使して、顔の土台が出来上がった。前のときよりもコンシーラーを使う部分が明らかに多くなっていた。厚塗りではないのに気になるところがカバーされて、とてもいい感じだ。プロは何種類ものアイテムを使って、メイクをする人の肌に合うように調整する。それはプロの技術によるもので、私が同じものを使ったとしても、同じ仕上がりにならないところが問題である。

リップペンシルを唇にのせてもらったら、この色がとてもよかった。私はもともと唇の色が赤く、そのために何を塗っても色が赤く出てしまうので、それが悩みだったが、このペンシルのおかげで、その上にのせる口紅の発色がとてもよくなった。その口紅をつけた感じもマダム系ブランドによくありがちな、こってりした感じではないのがとてもよい。私の好きな透明感のある薄付きだけど、色がちゃんと出るのである。

「それはどこのですか」

「これは『ＴＨＲＥＥ』です」

なるほどと忘れないように、頭の中の引き出しに入れた。引き出しもあまり奥のほうに入れてしまうと、

「えーと、何だったっけ」

ということになるので、ほどほどの位置に入れておいて、

「リップペンシルのメーカーはどこですか」

「『ＴＨＲＥＥ』です」

と自問自答しておかないと、忘却の彼方に去ってしまうのである。

ひとつ参考になるメイク情報を得たと喜んでいると、メイクはアイメイクに移った。私はアイメイクは一切しない、というか一重まぶたなので、必死の思いでアイラインを引いても目を開けたとたんに全部隠れてしまい、徒労に終わるのだ。その悩みを相談すると、

「まぶた全体に明るめの色を塗って、濃い色、たとえばブラウンのパウダーで、目を開けたときに少し見えるところまで、ぼかすといいですよ」

と教えていただいた。眉毛は時間をかけて一本一本とても丁寧に描き、私のようにパウダーで適当にぼかしているのとは大違いだった。そしていちばん驚いたのが、マスカラの威力だった。年齢を重ねるとまぶたや周辺の皮膚のたるみにより、目の大きさが若い頃より30％小さくなるという。もともと目の小さい私には大問題である。しかし特に自分の目を大きく見せようという気もないので、化粧をしてもアイメイクは一切なしだった。しかしマスカラは、一塗りまた一塗りするたびに、小さい目なりに徐々に大きくなっていく。まさに、

「あらー」

だった。

「私はマスカラが必ず下まぶたについてしまうので、苦手なんですよ」

「ウォータープルーフタイプよりも、ドラッグストアで売っている、お湯で落ちるマスカラのほうが、意外に下まぶたにはつかないんですよね」

と教えてもらった。化粧品は日々進化しているだろうから、私が若い頃に試してみたものよりも、ずっとましになっているのかもしれない。三重に塗ってもらったマスカラのおかげで、私の目もちょっぴり大きくなった。

早朝からはじまった撮影も、昼には終わった。怒濤《どとう》のような一日だった。家に帰って目覚まし時計を見たら、針は三時四十五分をさしたままだった。


後日、いつも買い物をしているデパートに行き、この前の撮影のときに教えてもらった、「THREE」のブースでリップペンシルを探した。化粧品が肌に合わないと、痛くなったり痒《かゆ》くなったりするのだが、そんなこともなかった。色味が気に入ったのもあるが、不快感がないのが決め手になった。ここ二、三年、私は十二月の自分の誕生日に口紅を買うことにしているので、ちょうどいいタイミングだった。ビューティーアドバイザーの若い女性が、親切にアドバイスしてくれて、今、私に必要なのは、リップペンシルよりも、口紅の下地のリップコンシャスプロテクターだとわかったのでそちらを選び、ベルベットラストリップスティックの05番、「ＬＯＶＥ　ＬＩＫＥ　ＨＥＡＶＥＮ」という名前の口紅を一本買った。控えめな色だけどとても感じがよく、大好きになった。

「他にもご覧になりたいものはありますか」

といわれ、私はチークとパウダーファンデーションを新たに見つけなければならないのを思い出し、どのようなものがあるかとたずねると、彼女はカラーサンプルを持ってきてくれた。

「チークはこの色はいかがですか」

彼女はオレンジ系、ピンク系といったなじみのある色ではなく、チーキーシークブラッシュの05番、「ＦＥＥＬＩＮＧ　ＴＨＥ　ＦＬＯＷ」、濃い赤紫色を勧めてきた。

「えっ、これですか」

ファッションページのモデルならともかく、おばちゃんがこんな色をつけたら、おてもやんになるのは間違いないのではと躊躇《ちゅうちょ》していると、

「ほんの軽く、ひと刷毛《はけ》でいいんです。顔色が明るくなりますよ。オレンジやピンクよりもこの色がお洒落《しゃれ》だと思います」

勧められるまま、顔にさっとつけてもらうと、ぱっと顔が自然な感じに明るくなって、

「あら、いいわ」

と思わず前のめりになってしまった。影が敵のおばちゃんには、顔が明るく見える品々はとてもありがたい。パウダーファンデーションも色味を見てもらって202番を選んだ。これは薄い色と濃い色の二色がセットになっていて、朝、薄い色のほうを塗って時間が経って肌がくすんできたときに、濃い色のほうを塗るとよいのだそうである。SPF値が24で私が苦手な成分が入っていないのもとてもよい。

私はこのメーカーの回し者ではないが、おばちゃんなりに胸が躍る買い物をして大満足で帰った。調べてみたら、私が買ったチークは、すでに二〇一六年上半期のベストコスメのチークとして選ばれていた。へえ、そうなのかと感心し、若い人たちは陸上競技でたとえれば、どんな分野の情報であっても、いつも先頭を走っているが、おばちゃんは二周から三周、出遅れている。それでも自分にぴったりきた買い物はいくつになってもうれしいものだと、明るい気分で年末を過ごしたのである。

（登場する商品のデータは二〇一八年十二月のものです）

アボカドショック

アボカドを買うのは賭けである。栄養が豊富なので、なるべく食べるようにしたいと思っているのだが、

「これぞ完璧」

といいたくなるようなものに、あまり出会ったことがない。私のアボカドに対する知識が少ないのと、見る目がないこともあるのだろうが、それなりに外見を見てよさそうなものを選んできたつもりだ。しかしカットしてみると茶色い線がそこここに入っていたり、熟れすぎて一部が変色して、廃棄部分が多くなっていたり、またその逆に、

「もうちょっと待てばよかった」

と後悔するほど、アボカド特有のねっとりさがなく、硬めだったりするのだ。

先日もアボカドを買おうと、スーパーマーケットで二段の木箱に入れられた、それぞれ三十個ほどのアボカドを眺めていた。値段の安いのと高いのとで分けてあって、奮発してオー

ガニックの高いほうを選んだ。外皮の色が濃いものや薄いものがあったので、すぐに食べたいこともあり、そのなかで緑色と黒色がうまく混ざり合って、やや黒色が勝っているものを買ってきたのである。

その晩、アボカドを割ってみたら、中身がほれぼれするくらいに美しく、果肉のねっとり具合もちょうどよかった。久しぶりに私の好みのアボカドと出会えて、わあ、よかったと喜びながら半分をスライスし、醬油をほんの少しだけ垂らして食べた。とてもおいしかった。また明日、残りの半分を食べようと、変色を予防するには、種をつけたままのほうがよいと聞いたので、それに従ってラップに包んだ半分を冷蔵庫に入れようとしてふと考えた。今は冬だし、へたに冷蔵庫に入れたら、おいしくなくなるのではないか。そこで私は暖房の影響がない部屋にラップで包んだアボカドを持っていき、棚の上に置いておいた。

そして次の日、今日もまたあのおいしいアボカドが食べられると楽しみにしながら、部屋に入り、棚の上のアボカドを手にとったとたん、

「えーっ」

と叫んでしまった。何とアボカドに真っ白なカビが……。丸一日で種の周囲にカビが生えていたのである。私は心の底からがっかりしながら、アボカドが栄養豊富といわれている事

実に深く納得した。

「ああ、冷蔵庫に入れていれば」

何十回も後悔しながら、ちょっと寂しい晩御飯を食べた。久々においしい完璧なアボカドが買えたと喜んでいたのに、捨てなくてはならないような行動をしてしまった自分が情けなくてたまらなかった。

アボカドを食べる人は多いと思うけれど、みな買ったアボカドに対して、満足しているのだろうか、それとも、これはちょっと失敗したという経験があるのだろうか。中身が見えないのだから、よかったときも悪かったときもあるのだろうが、私の場合は明らかに自分のミスである。同じミスを繰り返すまいと心に決めて、再び同じような色合いのアボカドを買ってみたが、それは茶色の筋があって、あまりおいしくなかった。

インターネットで調べてみたら、冷凍もできると知って、また驚いた。選び方については皮につやと張りがあり、触ると弾力があるものがよい。ヘタの周辺が柔らかいものはだめ、丸いほうを押して柔らかければＯＫと書いてあったのだが、単純に、

「アボカドって押したりしていいものだったの？」

と疑問を持った。桃は押すのは絶対だめだけど、アボカドは許されるのか。たしかに桃よ

りは皮がずっと厚めなので、果肉へのダメージは少ないかもしれないが、自分が押して買わなかったものを、他の人が買うと思うと、ちょっと躊躇する。しかしそれが問題行動でないのであれば、これからは押して試すしかない。

それを知らなかった私は、目の前のアボカドをためつすがめつし、まるで透視をしているかのように、ただじーっと見るだけだった。じーっと見て何かわかるかというと、何もわからないのだが、これまではそうやって買っていた。その結果、おいしいアボカドに当たる確率は五割以下である。いったい何を見ていたのかということもあるが、めげずに注意深く買い続けていれば、そのうち一発でおいしいアボカドが見極められる目利きになれるのだろうか。でも本当にアボカドは熟し具合を押して確認していいものなのか、ちょっと不安になっているので、今のところ、店でアボカドを見かけても見て見ないふりをしている。

アボカドショックから立ち直れなかったある日、知人から娘さんとの海外旅行の話を聞いた。彼女と娘さんは同じクレンジング剤を使っていて、海外では安く売られているので、買いだめしてきたという。

「でもね、それを泡立てるのに、なかなかいい泡立てネットが見つからないのよ」

と彼女がいった。私も石けんで落とせる化粧しかしないので、洗顔のときの石けんの泡立ちがとても大事になってくる。顔に負担がかからないように、たくさんの泡を立てたいと考えていたので、そうだそうだとうなずきながら、

「クレンジング剤だったら、食器を洗うスポンジを使うと、よく泡立つらしいわよ」

とどこかで読んだ情報を教えた。そのとたん彼女は、

「えっ……、スポンジ？」

とつぶやいて黙ってしまった。

「うん、スポンジに水分を含ませて、そこにクレンジング剤をつけて、揉んで泡立てるといいって書いてあった」

彼女はうーんとうなった後、

「もしかしたら、それ、全部、捨ててきちゃったかも……」

と小声でいった。

クレンジング剤を買いだめしてホテルに戻った二人は、帰りの荷物をなるべく軽くするために、かさばる箱は全部捨てて中身だけにして持ち帰ろうという話になった。

「前に買ったときに、こんなものは入ってなかったよね」

娘さんがそういうので手元を見ると、クレンジング剤と一緒に、箱の中に小さなスポンジが入っていた。

「丁寧にパッキングするようになったんじゃないの。いらないから捨てていけば」

彼女の言葉に娘さんもうなずいて、二人でそのスポンジを全部ホテルに捨ててきたのだった。

「それはパッキング用じゃなくて、泡立て用のスポンジだったんじゃない？」

といったら、

「そうかもしれない」

と彼女は肩を落とした。早速、彼女が持っているスマホでそのクレンジング剤を調べてみたら、捨てたスポンジはやっぱり泡立て用のものだった。

「ほら、こんなに親切に使い方が書いてあるわよ」

画面をさし示すと彼女はじっとそれを見ながら、

「あー」

と声とも息ともわからない音を口から発した。そしてもう一度、

「あー」

といった後、

「わかった。しょうがないから泡立てネットを探そう」

と悲しそうにいったのだった。

私も、まあ、こんなものかと妥協しながら、もっといいものはないかと、泡立てネットを探しているのだが、どれも一長一短でこれというものが見つからない。ドラッグストアやスーパーマーケットで目につくと買ってみるのだが、目指すようなもこっとした泡にはなかなかならないのだ。もしかしたら私が知らないところで、いいものがあるのかもしれないと、インターネットで検索したら、なんともこもこの泡が作れる器具があるというではないか。それも百均で売っている。画像を見ると女性の掌《てのひら》に、もこもこの泡がのっていて、これこそ私が求めている泡といいたくなるような形状だった。

それを売っているチェーン店はうちの近所にはないので、隣町にある店舗に行って店内を探してみると、コーナーの目立つ場所に何段にも積んで置いてあった。その様子を見ただけでも売れているのがわかった。形状は蓋つきのプラスチックの容器の中に、多くの穴が開けられたプレートがセッティングされ、中央に棒がついている。コーヒーや紅茶を淹《い》れる器具で、上から押して抽出するプレス式のものがあるが、それのものすごい簡易版といった形状だ。見るからに一度に大量の泡が作れそうだった。

早速購入して、家に帰ってやってみた。カップの中に少量の湯と削った石けんを入れ、あとは穴の開いたプレートの中央部に通された棒を上下させると、プレートが上下して石けん液が攪拌《かくはん》され、泡が立ってくるという。私はホイップクリームのような、きめの細かいたくさんの泡を思い描き、わくわくしながらぬるま湯を入れ、石けんを削ってカップの中に入れた。

「よしっ」

期待を込め気合いを入れて、棒を握って勢いよく動かした。そのとたん、

「あれっ？」

と首を傾げた。私の想像ではプレートがカップの湯の中で上下する手応えがあるはずなのに、手に伝わってきたのは、「ふにゃっ」という頼りない感覚だった。もちろん泡は立っていない。どうしたのかと見てみたら、棒がはずれてプレートがカップの中で斜めになっているではないか。そんなはずはないと、取りだして棒をプレートにはめ込もうとしたが、どういうわけかこれがどうやってもはまらない。力を入れると棒がバキッと折れそうだし、

「えーっ、ええっ？」

としばらくこねくり回していた。簡単にはずれるのに簡単にはまらないのはどういうわけ

なのか。

「もう、やだ」

何回かやって壊れるのならともかく、一回押しただけで壊れるなんて、いくら百円でも私は許しませんよといいながら、もう一度、プレートに棒をはめようと試したが、やっぱりだめだった。

「ひどい」

しばらくむっとしていたが、だんだん気持ちが落ち着いてきて、もしかしたら私の力が強すぎたんだろうか、それによって棒とプレートの接続部分を破壊したのだろうかと調べてみたが、双方に特に損傷した跡は見られない。結局、もこもこ泡の件はこれで終了した。

まあしょうがないと諦めて、

「私は地道に泡立てに励もう」

とこれまでの泡立てネットを使っていたのだけれど、海洋プラスチックの被害を特集した雑誌を読んで、あまりの問題の大きさに考えが変わった。できる限り身の回りのプラスチック類、合成繊維類を減らしたほうがよいと考え直し、もこもこの泡を求めるのはやめて、昔のように手に石けんをつけて両手で泡立てて洗う方法に戻した。化粧は落ちていたのだから、それでいいのである。美容的見地からいったら、泡をたくさん立てたほうが肌に負担がかからないのかもしれないが、泡立てネットを使う前もそんな感じで化粧を落としていたので、まあ問題はないだろう。顔面に問題が出てきたらまた考える。

長年お世話になっていた税理士さんが廃業なさったので、昨年から女性の税理士さんにお願いしている。その彼女からいただいたハガキがあまりに愛らしくて、私も同じものが欲しくなってしまった。「猫と毛糸」というタイトルで、まるでうちのネコをモデルにしたのではないかと思うくらいそっくりな、黒白ぶちでヘアスタイルがおかめ分けの子が、オレンジ色の毛糸玉にじゃれついているというイラストだ。「遥」という落款《らっかん》が押してあるものの、どういう方かわからない。お忙しいなか、のんきに、

「このハガキ、どちらで買われましたか?」

と税理士さんにたずねるのも気が引けたので、インターネットで検索したら、同じ図柄のハガキの画像が少数ヒットして、郵便局で売られたものだとわかった。

日本郵便の通販サイトを調べてみたが、このハガキの掲載はなかった。いつ売り出されたものかもわからないし、こういった特殊なハガキは売り切りで再販はしない可能性が高い。

散歩、外出ルートの範囲内にある郵便局六か所を回ってみたが、どこにもなかった。販売から月日も経っているだろうから、それも仕方がないと諦めつつ、ふだんとは違うルートで散歩をしていると、住宅地のなかに郵便局があった。そしてそこに入ってみたら、何とカウンターに「猫と毛糸」のハガキが陳列してあるではないか。

「ぐおおおお」

と喜びの雄叫《おたけ》びをあげそうになったのをぐっと堪《こら》え、

「これを五枚ください」

というと、三枚しかないということだったので全部買ってきた。

帰りはほとんどスキップである。

「私って本当に運のいい女。アボカドやもこもこの泡には運がないけど、ネコ関係の欲しいものには、めっちゃくちゃついてるのよね」

心の底からうれしかった。一枚七十二円のハガキ三枚でこんなに幸せな気持ちになれるなんて、幸せって金額じゃないんだなと思いながら、アボカドショックや幻となったもこもこの泡のことなどころっと忘れて、毎日、ハガキを取り出しては、ほくほくしているのである。

うれしい疲れと辛い疲れ

私が女王様気質のネコと暮らすようになって、いちばん頭を悩ませたのは、少食なうえに好き嫌いが激しいことだった。その次に悩んだのは爪切りだった。爪切りをいやがるネコは多いと聞くが、それでも飼い主に抱っこされて、「やむをえない」といいたげな表情でおとなしく切ってもらっている子も多い。しかしなかには、大暴れする子もいるようで、ネコを落ち着かせるためのネットまで売られていた。たとえば病院に行くとき、爪切り、そしてお風呂のときなど、このネットを使うのだ。

気が強いうちのネコの性格を考え、こういったものも必要かなと考えたのだが、この便利なネットに入れるまでが大騒動になりそうだったので購入は見送った。爪の状態は月に一度はチェックしていたが特に問題はなく、若い頃は爪とぎをし、自分で爪をかじったり舐《な》めたりしてお手入れをしていたので、私が切る必要はなかった。

しかしネコも中年になってからは、いろいろと不精になってきた。御飯の器の横に自分の

寝場所があり、そこに寝っ転がっているところに、

「はい、御飯、どうぞ」

と器を目の前に出し、体を起こすように促しても、私に器を持たせたまま、自分は体を起こさずに食べようとする。

「ほら、そんな不精なことをしたらだめですよ」

というと、しぶしぶ起きる始末なのである。

こんな状態なので、若い頃はあれだけ熱心にしていた自主的なグルーミングも、爪のお手入れもしなくなってきた。こちらも老眼なので、はっきり見えないものだから、虫眼鏡を手にそーっと爪を見てみると、結構な長さに伸びている。そこで爪切りの出番なのだが、これがもう大変だった。

「はい、切りますよ」

とネコの手を持ち、ぱちんと切るというわけにはいかないのだった。

爆睡しているときを狙って、手に犬猫用爪切りを持ってそーっと近づき、

「かわいいねえ、いい子だねえ」

と声をかけながら体を撫でてやる。すると向こうは、

「んー」

と鳴きながら、まだ夢の中にいるようで、目をつぶっておとなしくしている。そして様子をうかがいながら、指のなかでいちばん伸びている爪の先、二ミリほどをちょこっと切る。他の爪も切りたいのだが、だいたいこの時点でネコが起きてしまい、

「何かしたでしょう、あんた」

と訴えているかのような冷たい目でこちらを見るので、

「はいはい、起こしちゃってごめんなさーい。今のは夢ですよー、何もしてませんよー」

といいながら体を撫でてやり、後ずさりするしかなかった。

しかし向こうも、あれは夢ではないとわかったようで、以降、寝るときには両手をくるりと曲げて隠してしまうようになった。こうなったらこちらはお手上げである。ネコの隙を狙って切るしかない。いつも部屋着のパンツのポケットに爪切りを入れ、隙あらばと様子をうかがっているのだが、それがすでにばれていて、ネコも寝ながら、ちらちらとこちらを見て警戒している。とにかくネコの記憶が薄らいで、無防備になるのを待ちつつ、一ミリ、二ミリと一本ずつ爪を切るような長期戦になった。そして最後の一本を切り終わったときには、最初に切った爪が伸びているという有様だった。

しかし私がうっかりして、いちばんしっかりしている親指の爪を切るのを忘れていた。もしかしたら巻き爪になって肉球に接触しているかもと、切ってやろうとしたけれど、手をぶんぶん振り回して抵抗された。万が一、肉球に接触していて傷でもあったら私には対処ができないと、切るのはやめにした。タクシーの中でぎゃあぎゃあわめきちらすのをなだめて、獣医さんに連れていって切ってもらった。かすり傷程度だがほんの少し出血していて、ごめんねと謝った。うちのネコは病院自体は大好きで、建物の中に一歩入ると、とってもいい子にしているので、いつもお医者さんや看護師さんに褒めちぎられるのだが、道中は絶叫し続ける。家に帰ったら声が嗄《か》れているので、やはり爪くらいは自分でこまめに切ってやらなければと深く反省した。

それが数年前の出来事だった。それからはうちのネコにもちゃんと話さなければと、

「爪を切られるのがいやだったら、爪とぎをしたり、自分でもお手入れしてください」

といったら、再び爪とぎをするようになった。若い頃と同じように、爪とぎの上でがっしがっしと力強くやっている。

「えらーい、おりこうさん」

と大きな声で褒めてやったのが功を奏したのか、老ネコにしてはまめに、爪とぎをするよ

うになった。それでもやはり爪は伸びるため、気をつけてやらなければならなかった。

それに加えてネコの年齢も二十歳を過ぎたので、日々、寝ているときは呼吸数をチェックする。ある日、チェックをしていたら、両手の親指の爪が肉球にくっつきそうな危険な距離に近づいているように見えた。虫眼鏡ではなく、手芸の細かい作業用ルーペで確認すると、幸い接触はしていないものの爪が肉球に届くまで、あまり時間的猶予はなさそうだった。そこで爪切りを手にして、寝ているときに切ろうとしたら、ネコは気配を察したのか、薄目を開けてするっと両手を体の前に巻き込んで隠してしまった。ネコの必殺技である。それを何回か繰り返しているうちに、これはだめだと諦めた。超高齢といえど、ネコの勘は鋭い。そしてこっそり切るのはやめて、お願いに方針転換したのである。

それからは一日何回も、

「爪を切らせてくれませんかねえ。このまま切らないと肉球が痛くなっちゃいますよ。かわいいおててが傷になるといやだよね。だからお願いします」

と頼み続けた。最初は完全に無視された。しかししつこくしつこくお願いして一週間ほど経った頃、ストーブの前でのんびりと横になっていたネコに声をかけたら、何と左手を私の目の前にすっと差し出したではないか。私は思わず、

「ありがとうございますっ」

と礼をいって伸びた爪の先を二ミリ切った。肉球には傷はついていなかった。続けて、

「それでは右手も」

と切ろうとしたら、ばしっと手を叩かれた。

しかしそれから二日後、

「もう片方も切らないといけないんですけれどねえ。ほら、ずいぶん伸びてますよ。わかりますよね、お願いします」

といったら、ネコは再び自ら手を差し出して、同じように右手の爪も切らせてくれた。しゃくっと音がして無事、爪を二ミリ切ることができた。

「本当に、ありがとうございますっ」

頭を撫でながら心から礼をいうと、ネコは、

「ふんっ」

とえらそうな顔をして鼻から息を吹き出していた。ほっとしたのと同時に、どっと疲れた。老ネコが私の願いを受け入れてくれてとてもうれしかった。向こうは、

「あんまりしつこいから、切らせてやったんだわ」

くらいのことなのかもしれないが、ネコ馬鹿の飼い主にとっては、胸温まる出来事だった。

一時期、仕事に必要なメールや画像が先方に届かなかったり、またこちらにも届かなかったりで、支障が起こるようになった。ノートパソコンは十年以上使っていて、OSはWindows7である。突発的な事故が起こると困るので、Windows10のノートパソコンも買ってあるのだが、ずっと使い続けて慣れているので、バージョンアップせずに使っている。

そのメールの不具合も、私のパソコンのせいかと思っていたのだが、プロバイダの問題らしいと、編集者が調べて教えてくれた。彼女の話によると、プロバイダのなかで力関係があり、スパムメール、ウイルス等を排除するため、プロバイダの上に位置する親玉企業が、

「こいつのところは、全部、届かないようにしても問題ない」

と判断して、通信拒否しているのではないかということだった。これまでにも何度か同じような事態になっていたという。

「ダウンディテクター」というサイトには、インターネット上での不具合が利用者から報告されていて、それを見るとうちのパソコンに不具合が起きたときに、同じプロバイダを使っ

ている多くの人たちも同様だったので、うちのパソコンが壊れたせいではなかったのだと少しほっとした。

　しかし世の中のパソコンを含めた家電というものは、買ったとたんに古くなるので、十年以上も同じパソコンを使っているのは、やはりよくないのではと思い、締切が迫っていない時期を見計らって、午前中から作業をはじめて、新しいパソコンに替えることにした。データは転送ツールを使って外付けのハードディスクにも記録済みで、インターネットでデータの移し方を調べ、プリントアウトして準備万端整え、新しいノートパソコンを立ち上げた。するとこれまで使っていたパソコン画面とは違って、いろいろな面倒くさいものが画面上にあって、目がちかちかしてきた。

　色が鮮やかすぎて、ちょっといやだなあと思いつつ、データを移動させるために、パソコン画面を開いてみたら、前パソコンのデータを受け入れてくれるはずのディレクトリがない。

「このプリントには書いてあるのに、なぜここにない！」

　あわててもう一度プリントを見ると、そこにあるのはＷｉｎｄｏｗｓ８へのデータ移動のやり方だった。

「どうして同じやり方にしないんだ！」

私のパソコン知識では、あるはずのものがそこにない時点で、すべて終了なのだ。せっかくここまでやったのだからと、ああだこうだといじくり回してみたが、まったくデータが移動できそうな気配がない。昼食を食べて一息いれて、またやってみようと午後からもトライしてみたが、まったくだめ。

昨年、インターネットに接続ができなくなったとき、すぐに業者さんが来てくれて建物外部の劣化した接続を直し、使えるようにしてくれたのだが、それ以降、毎回起動した後に、診断復旧ツールを使わないと接続できなくなってしまった。面倒くさいなとは思いつつ、業者さんにまた来てもらうのもなんだし、二分ほど待てば接続できるのだからとそのまま使っていた。しかし新しいパソコンは、起動時にパスワードを入力するのは当然だが、認証ＩＤや認証パスワード等をそのつどすべて入力しなければならなくなった。インターネットに接続するのも一苦労なのである。

「もう、お前はいやだ！」

私はむっとして新しいノートパソコンをまた箱に入れ、これまで使っていたものを接続しなおすと、いつもの見慣れた画面が現れてくれた。

「ああ、やっぱりこれがほっとする。たまにトラブルは起こるけれども、この見慣れた感じがいい」

と私は今後もこのパソコンを使うことにした。すでにディスクドライブは使えなくなっているけれど、外付けハードディスクがあり、ＵＳＢも使えるので、メールで原稿が送れなくても、ＵＳＢを編集者に郵送すれば何とかなるのではないかと考えている。幸い、そんな事態にはならずに済んでいるが。


この一連の作業を終えて、私はどっと疲れた。こんなことやるんじゃなかったと後悔した。プロバイダの不具合らしいと教えてくれた編集者は、メールアドレスを複数持ち、クラウドを使ったり、何かあったときの対策をしているといっていた。私は名前は知っているけれど、何をどうすればクラウドのお仲間に入れるのか、まったくわからない。そのときに、

「新しいパソコンに替えるときは、詳しい人にやってもらったほうがいいわよね」

と私はそういった。新しいパソコンのマニュアルの裏表紙に、出張して接続等をしてくれる有償サービスについて書いてあったので、次回はこれを使おうと考えていたのだ。それなのに自力でやろうとして自爆である。


しかしインターネットに接続するのに、いちいち認証ＩＤやパスワードを入力しなくてはならないのは、うちのマンションの接続状況に根本的な何かが欠けているのではないだろう

か。まずそれを解決しなければならないような気がするのだが、それが何なのかもわからない。

「ああー、面倒くさい。疲れた……」

とため息をついて寝た翌日、唇に異変を感じた。持病ではあるのだが、最近はまったく出ていなかった口唇ヘルペスが、六年ぶりに出てしまったではないか。

「もう、やだ」

昔と違って、熱を持っている感じは一切ないのだが、ぽちっと水疱《すいほう》ができている。漢方の先生に相談したら「五苓散《ごれいさん》」と「霊黄参《れいおうさん》」を飲んでおくようにといわれた。それらを服用していたら、それ以上大きくならずに治まってくれたが、かさぶたが取れて治るまでに、以前と同じく十日かかった。前のように不快な感じは一切なかったのは幸いだったが、他人にはわからないけれど、なかなかその痕が消えてくれない。

「傷がなかなか治らないのは、こういうところにも出るのね」

うれしい疲れと辛い疲れが、ダブル、トリプルでやってきたひと月だった。

確定申告と梅まつり

自営業者には確定申告があり、その結果によりまた税金に苦しめられるという、辛い状況があるのだが、今年も何とかそれを済ませたものの、放心状態になっている。これまでお世話になっていた税理士さんが仕事をおやめになったため、新しくお願いしている税理士さんのもとへ、決定した税額の確認とご挨拶がてら、湯島天満宮のそばにある事務所にうかがった。

私は文京区生まれだが、生まれ育ったのが徳川家康の生母の菩提寺・傳通院《でんづういん》のそばで、方角が違うので子供の頃に湯島天満宮に行った記憶はない。写真も残っていないので、たぶんお参りはしなかったのだと思う。方向音痴の私は湯島天満宮の位置を確認しつつ、はじめてうかがう、住所は台東区になる税理士事務所に無事にたどりつき、驚愕するような税金の額を示されて、気が遠くなりそうなのを必死に耐えていた。

毎年、この時期は、

「最初に源泉徴収で一割取られているんだから、そのときに三割くらい取って欲しい。そして私の口座に振り込んだ分は、全部、使っていいよといってもらいたい」

と思う。確定申告をするようになって、ずいぶん経つけれど、後からまた取られるのはどう考えても納得できない。そんな不満を会社勤めだった知人に話したら、

「でも、ちゃんと税金の分は、最初からよけておくものじゃないの」

と冷静にいわれてしまい、

「そういうちゃんとした人もいるかもしれないけどね、私はもらったものは考えないで使っちゃうの」

とちょっとむっとした。振り込まれた原稿料や印税から、税金分をよけておくような、きちんとした性格だったら、この歳になっても税金であたふたしないのである。納税の通知が届いても、

「預金があるから大丈夫」

と落ち着いていたことなど、ここ三十年以上一度もなく、

「これはいかん、いかん、いかん」

とあせって仕事をし続けてきた。経費も正直に計上しているし、税金をごまかしたり支払

いから逃げたりするつもりもなく、遅れても納税する意思は示してきたので、何とかなっていた。

一攫千金《いっかくせんきん》というと宝くじだが、私はくじ運がまったくないので、宝くじに類するものを買ったことがなく、他にロト6やナンバーズくらいしか知らなかったのだが、先日、ロト7、ミニロト、ナンバーズ4、ナンバーズ3、ビンゴ5などがあるとはじめて知った。攻略法を教える人までいて、その人のいう通りの数字が出てくるのにも驚いた。

「これに当たったらどっとお金が入ってくるかも」

と一瞬考えたが、そううまくいくわけがないと考え直し、地道に働くことにした。当てようと思ったら本気で研究しないと当たるわけがないのである。

事務所で払わなくてはならない税額を目にした私は、ため息しか出てこなかった。

「経費がほとんどないので、どうしても税金が高くなってしまいますね」

税理士さんの言葉に、

「そうですよね」

としかいえなかった。物書きは基本的に経費は少ない。ノンフィクションを書かれる方々は、下調べや取材で持ち出しになってしまう場合もあるだろうが、私にはほとんど経費というものがない。大きい額は家賃だが、仕事の量が減ったときに、払えなくなる可能性もあるので、ほどほどの家賃の部屋に住む必要がある。他に金額が張るものとしては、パソコンくらいだけれど、毎年買い替えているわけではない。その他、認められるのは本を含む資料代、交際費、交通費などだが、私は酒も飲まないし、留守番できない老ネコがいるため、夜は外出しない。通常は収入の三割程度の経費は認められるらしいのだけれど、いつもそこまで届かず、確定申告のたびに、

「とほほほ」

と嘆いているのである。

がっかりして帰ろうとすると、

「湯島天神で梅まつりをしていますよ」

と税理士さんに教えていただいた。この暗い気分を少しでも払拭《ふっしょく》しようと、帰り道に寄ってみた。後から気付いたら、楽に行ける女坂ルートもあったのに、よりによって男坂というものすごく急な石段を手すりにすがりながら上がっていってしまった。また不幸が訪れたような気がした。天気はあまりよくなかったのに、境内の梅は満開で、人がたくさん集まっていた。外国人がとても多いのに驚いた。

私はお参りをして自分のために身体健全、知人には病気平癒《へいゆ》のお守りをそれぞれ購入し、境内で行われていた猿回しをのぞいてみた。こちらにも人がいっぱいで、若いお嬢さんがリードを持ち、かわいいお猿さんの芸を披露していた。人が多くて前まで行けないのだが、すきまからのぞいて愛らしいお猿さんの姿を見て心がとても和んだ。二足歩行しながら片手をあげて、観客の目の前を行ったり来たりしてアピールしている。思わず顔が緩んで税金のことも忘れられた。ここに来てよかったなあと思った。この後、出版社で取材があったため、出店で売っていた金太郎飴を、編集者へのおみやげに買っていった。

このところ三寒四温で寒くなったり暖かくなったりを繰り返している。その日、起きてみなければ着るものが決められないような状態だ。私のような居職《いじょく》の人間はいいけれど、通勤がある人は本当に大変だ。朝暖かくても、陽が落ちると急に寒くなったり、北風が吹いたりする。一日で十二度も気温が下がったりした日もあった。そんな思いをしないだけでも、私は感謝しなくてはいけない。

寒い日の夜、私は風呂に入るために脱衣所に行き、置いてある電気ストーブのコンセントを入れ、風呂の自動湯沸かし器をセットして、リビングルームに戻り、テレビを見ながらぼーっとしていた。

　私は洗濯機でも何でも、洗い上がったり、湯船に湯が張り終わったりしたときに知らせる音がきらいなので、すべて鳴らないように設定している。時間を見ながら、そろそろだなと腰を上げ、着ていたカーディガンやセーターを脱ぎ、脱衣所に行って肌着類を脱いで洗濯機に投げ入れ、すっぽんぽんになった。何だか寒いなと思ったら、電気ストーブのスイッチを入れ忘れていた。

「何だよう、困っちゃうなあ、寒いのに」

　両手で腕をさすりながら、さあ、風呂に入って温まろうと浴室にとびこんだ私の目に入ったのは、何も入っていない湯船だった。

「……」

　裸のまま呆然として壁に設置してある給湯器のスイッチを見ると、「運転」「優先」のスイッチはついているが、「ふろ自動」のスイッチは消えていた。私がボタンを押すのを忘れたのである。

「ひいい」

　小さい悲鳴を上げつつ、大急ぎで「ふろ自動」のボタンを押し、背中を丸めながら再び脱

いだ肌着を洗濯槽から取り出して身につけ、

「ああ、寒い寒い」

といいながらリビングルームに戻った。脱いだばかりであっても、一度、洗濯槽に入れた肌着をまた身につけるのが、こんなにいやなものだとは思わなかった。

「ああ、どうしてこう、いつまで経ってもおっちょこちょいが直らないんだ」

先日もドラマの「ひよっこ」を「ひょっとこ」と見間違え、

「へえ、NHKも粋なドラマをやるもんだ」

と感心したばかりである。もしかしてこれは、おっちょこちょいではなく、認知の問題かと自分自身に腹を立てながら、再びセーター、カーディガンを着て、ストーブの前で暖を取っていると、寝ていたうちの老ネコが顔を上げ、あれっという表情で私の顔を見た。

「あのね、お風呂にお湯がね、入っていなかったんだよ」

低い声でネコに訴えると、「ふーん」といった顔でまた寝た。二十年以上一緒に住んでいるから、「またやらかしたか」と呆れていたに違いない。十五分後には無事入浴はできたものの、情けない夜であった。

今年も春になったら、

「この服、似合わなくなったんじゃ……」

の連続である。毎年、それまで問題なく着ていた服が、突然、しっくりこなくなるのを繰り返していたのだが、また今年も同じ現象が発生した。電車に乗って外出するときのために、用意していた服が、まったく似合わなくなってしまったのだ。

服のコーディネートに悩むのが面倒くさくなり、あるときから季節ごとに、ほとんど制服化したので服の数が少なくなったし、悩む時間も減った。カジュアルよりもちょっと上の、それなりの店で会食をするとき、着物を着る気分にならないときは、ワンピースにしようと決めたので、それはそれでよかったのだが、ふだんワンピースを着慣れないもので、夏の外出にワンピースを着たら、その後、体が冷えてくしゃみが止まらず、えらい目にあった。漢方の先生には、

「ふだん足を出すのに慣れていない人はそうなるのよ」

と苦笑され、これからはワンピース、スカートは着られないのかと、秋冬からは外出着をパンツスタイルにした。冬は寒いのでそれで問題なかったのに、春になって重いコートを脱ぐようになると、パンツスタイルの外出着がしっくりこなくなってしまったのだ。

私が穿《は》いていたのは、八分丈のワイドパンツが多かったのだが、服を掛けてある場所を入れ替え、そのついでに春先の外出のときに着ようと思っていた、制服化した上下を着て鏡の前に立ってみたら、それなりの店で会食するとなると、

「ちょっと、これではなあ」

といいたくなるカジュアルな雰囲気としか見えなくなっていた。

トップスは黒の薄手のセーターで、切れ込みが入った胸元の開きに沿って、同素材の小さな花のモチーフが何枚も重ねられ、中心がブルーの糸で留められている。襟ぐりには同素材で細長い黒のリボンがついていて、そのまま垂らしてもいいし、結んでもいいようになっている。袖はちょっとだけふくらんだパフスリーブである。私としては比較的ドレッシーなデザインなのだが、下にワイドパンツを穿くと、カジュアル感が強くなる。両方とも素材を吟味して購入したつもりだったが、ちょっと気の張るお出かけには、パンツスタイル自体が、いまひとつになっていたのだ。

「どうしたらいいんだ」

せっかく構築した自分のワードローブが崩壊しつつある。すべて着物にすれば問題はないのだが、今はそれの過渡期なので、すべての洋服を処分できないのである。

試しに穿いていたパンツを脱いで、服を処分して冬物としては一枚しか持っていない、シンプルなAラインの霜降りグレーの膝下丈スカートに穿き替えたら、ドレッシーなデザインでもないのに、格段にましになった。以前はパンツスタイルでどこでもOKだったし、人によってはパンツスタイルでもカジュアルではない雰囲気で装えるタイプもいるだろうけれど、現在の前期高齢者と呼ばれる立場を目前にした年齢になったとたん、私は素材、デザインに関係なく、パンツスタイルが普段着に見えるようになってしまった。

改善案としては、トップスをドレッシーなものにするという手はある。レースとか装飾が施してあるとか、素材もてろんとした生地のものがいいのだろう。しかしそういったものが私に似合うのかが問題である。そういうトップスであれば、場所に合う装いになるかもしれないが、今まで購入したことがないジャンルなので、どの店でどうやって探せばいいのかわからない。ただ自分の体型を見て考えたのは、パンツスタイルでそれなりの装いに見せるには、最低、平均身長くらいの背の高さが必要なのではないかということだ。私のように一五〇センチそこそこだと、パンツスタイルよりも、ワンピース、スカートのほうが選択肢が増えるような気がしてきた。

そこで、スカートから出る脚をどうするかである。スカートに合いそうな靴は、高さが三センチくらいの、ヒールがあるともいえないくらいのパンプスしかないからそれを履くとして、問題はタイツである。なかには穿いていると痒くなったりするものもあるので、これまではセット売りではなく、70デニールか80デニールで一足千円程度のものを買っていた。そこで頭に浮かんだのが、前々から評判がいいという噂を耳にしていたピエールマントゥーの綿混のタイツだった。綿が入っていたら痒くなることも少ないだろうと、そのタイツを調べてみたら、一足の税別の定価が五千八百円。「うーむ」とうなりつつ、スカートの色に合わせて「メランジグレー」を一足だけ買ってきた。

このタイツを穿いたところ、私がタイツを穿いていやだと思う部分がひとつもなかった。痒くなることもないし、蒸れるようなこともなく、とっても快適なのである。問題は価格だけ……。その後、スカートで外出するときには、いつもこのタイツを穿くようになった。家に帰ったらすぐ洗って干し、また穿いては洗うを繰り返しているが、これでちょっとはスカートに慣れるかもしれないと期待しているのである。

お買い物後見人

友だちから、仕事のパートナーの娘さんの結婚披露宴に出席するのに、着物を着て行きたいのだけれどと相談された。それを聞いた私は、一も二もなく、

「それがいいわ、着物がいいわよ」

と勧めると、

「でも、全然、着物のことがわからないの」

という。彼女は若い頃、茶道を習っていたので、着物を着た経験はあり、それらの着物すべては、彼女の御祖母様《おばあさま》が縫ったものだったという。お宮参りから七五三、振袖はもちろん、結婚前には訪問着、留袖、すべて襦袢から帯まで、自分の女性の孫たちのものを縫い揃えていた。彼女の弟さんが結婚したときには、親族の女性全員が、御祖母様が縫った留袖を着て並び、記念撮影をしたそうで、

「自分たちを自慢するようで恥ずかしいけれど、祖母が縫った留袖がずらっと並んで壮観だ

ったのよ」

と彼女はいっていた。

御祖母様はすでに亡くなられているのだが、

「それは絶対に着たほうがいい！」

と私はただひたすらぐいぐいと押したのだけれど、彼女は結婚後は弟さんの結婚式以降、着物を着る機会がなく、すべての着物は実家に置いたままだった。しかし高齢の御両親の様子伺いにひと月に一度は訪れるので、二年前からそのついでに少しずつ目についたものを自宅に持ってきていた。御祖母様が縫ったものの一部の三十点ほどを手入れに出して、業者から戻ってきたまま、タンスに入れてあるだけという。

「今度の結婚式に、留袖は着ちゃだめなのよね」

と聞かれたので、

「それは絶対にだめ。親戚全員から『あなた、誰？』って突っ込まれるから」

と返事をすると、彼女は、

「ああ、やっぱりね」

とつぶやきながら、スマホを操作して、

「こういうのもあるんだけど」

と樺色《かばいろ》の訪問着の画像を示したので見てみた。

「これはいいんじゃないかしら。品もいいし披露宴にはぴったりだわ」

「そう、いちおうこれに合わせた襦袢もあるんだけど……。ねえ、今度うちに来て、全部見てくれないかしら」

そう彼女に頼まれ、着物を見るのは何でもうれしい私は、

「行く、行く」

と返事をし、翌日、

「いったい、あんたはどこに行くんだ」

といいたげな、うちの老ネコの不審そうな視線を背に受けつつ、彼女の家に出向いた。

何が何だかわからないといいながら、彼女はたくさんの畳紙《たとうし》を室内に積み上げた。

「これが留袖なの」

見せてもらった留袖は、彼女にはちょっと地味かもしれないが、柄行きもよくあるような無難な花柄ではなく、花々の意匠もちょっと変わっていて趣がある。おまけにきちんとふき(袷《あわせ》の着物の裾や袖口の裏地を表に少し出して仕立てた部分)に綿が入れられている仕立て

になっていた。昔はふきに真綿を入れて、ふっくらさせていたが、今は簡略化されて花嫁衣装くらいにしか残っておらず、留袖でも特別に指定しない限り、ふき綿仕立てにはされない。

「わあ、ふき綿になってるーっ。わあ、はじめてこんな近くで見たあ。わあ、すごーい」

と興奮している私を見て、彼女は、

「はあ、そうなの」

と不思議そうに首を傾げていた。

次に着用予定の訪問着を見せてもらうと、斜めに流れるような柄行きで、きちんと手入れがされてまったく問題がないのだが、見たところ裄丈がやや長い。持参したメジャーで測ってみたら裄丈が六十センチになっている。昔は礼装の着物は袖を長めに仕立てる人もいたので、御祖母様は訪問着だからと、長めにしておいたのだろう。その裄丈に合わせるため、一般的な四十九センチの裄丈用の長襦袢の反物だと長さが足りない。そこで振袖用の襦袢の反物を使ったようで、襦袢は今の年齢の彼女が着て、披露宴に出席するには華やかな、白地に明るいピンクの柄になっていた。

私は襦袢を新しく購入したほうがいいとアドバイスをして、色も薄いほうがふさわしいと説明した。

「うん、わかった」

と彼女はうなずいた。

「帯はどうするのかな」

「金色の扇面が織り出された帯にしようと思っているんだけど」

帯を見せてもらうと、金一色で、織りの変化で扇面が表現されていて、他に色が使われていないので、着物と合わせると少し地味な印象を受けた。そこで私は勝手に他の畳紙を開けて、何か他に締められる帯はないかと探した。畳紙からは洒落た小紋、羽織、名古屋帯などが次から次へと出てきて、どれも趣味がいいのに驚き、それを御祖母様が全部縫ったということにただただ驚くしかなかった。そんななかで、淡いベージュの地で直径十二センチほどの金の丸形の飛び柄のなかに、それぞれ色鮮やかな鳳凰や牡丹が織り出されている帯を発掘した。訪問着に締める帯はこちらのほうを勧めて、今後、必要なものをリストアップした。

襦袢は彼女の希望により洗える素材で、裄《ゆき》と、袖丈が六十センチに見合うもの。またこちらも彼女の希望で変色していた帯揚げ、帯締め、足袋を買い替える。呉服売り場なんてはじめて行くから不安と彼女にいわれて、私も同行することになり、買う物もまかされてしまった。洗える襦袢も、私は夏場に「爽竹《そうたけ》」という素材のものを使っているのだが、それがこれまでは夏向きの反物だけだったのに、給素材でも出ているというので、そちらに決めてしまった。デパートでは着用する日にちに合わせて、すぐに襦袢を仕立ててくれるというのでほっとした。

その日は無事、必要な用件はすべて終わった。一週間後、肌着の件は聞いていなかったのを思い出し、新しいものがいいのではないかと、とりあえずMサイズのワンピース式のものを買って持っていったら、すぐにTシャツの上から着てみてくれたものの、打ち合わせ式の前がほとんど重ならない。不安になって、

「着物は……一度くらい羽織っているよね」

と聞いたら、まったく寸法を確かめていないし、取り出したこともないという。

「だって畳紙から出したら、たたまなくちゃならないでしょう。私、たためないんだもの。だから手入れから戻ってきたまま、しまっておいた」

肌着がMサイズで入らなかったので、私は再び彼女の家に行って、着物を羽織ってもらった。

「私、昔は7号サイズだったんだけど、今はお腹周りだけ、13号でもちょっとあぶないの」

着付けをきちんと勉強したわけではないので素人のやり方だが、できる限り訪問着の前面

の柄が出るように、下前を調整して着付けてみた。私の不安は的中し、着物の身幅が足りない。あと十五センチは欲しい。しかし寸法直しをする時間はないので、あとは式場の着付師の方の腕に頼るしかない。着物は何とかなるとして、問題は帯である。私がこれを締めたらといった帯は、測ってみたら四メートル二十センチで、こちらも私の素人のやり方で結んでみたら二重太鼓がとてもちっちゃくなってしまい、礼装としては難しかった。御祖母様が彼女のために反物を選び縫ってくれた帯なので、できれば身につけられればいいのだが、

「ちょっと難しいかもしれない」

と説明した。鏡に映った状態を見て、彼女は、

「やだー、前のところが鳳凰も牡丹の柄も全部脇にいって、見えなくなってる」

と笑っていた。

私は家に帰って手持ちの帯で使えるものはないかと、自分が披露宴に呼ばれたときに締めた帯を出してみたが、彼女の訪問着の雰囲気には合わない。母のところからまわってきた、母の訪問着と合わせて購入した帯を出してみると、道長取《みちながど》りのなかに、七宝、牡丹、松竹梅が織り出されていて、色合いも彼女の訪問着にぴったりなものがあり、測ってみたら長さも四メートル四十センチあった。後日、それを彼女の家に持っていき、試しに締めてみたら、

ちゃんと二重太鼓が結べた。御祖母様には申し訳なかったが、彼女も、

「これならちゃんと形になってる」

と喜んでくれたので、それを使ってもらうことにした。彼女が着られなかったMサイズの肌着は娘さん用に残し、新たに幅にゆとりのあるMOサイズを調達して彼女に渡した。襦袢も当初の予定よりも前に仕立て上がり、何とか必要なものが揃って、後見人としては胸を撫で下ろした。


着物のあれこれでばたばたしている一週間ほど、ダークチョコレートを毎日食べながら仕事をしていた。締切が迫ってくると、甘い物をつい食べたくなってしまう。ダークチョコレートなら、カカオポリフェノールも豊富らしいので、まあいいだろう、という勝手な私の理屈で食べ続けてしまったのだ。そして朝起きたら、何か変なのである。もしかしてまためまいが再発したかといやな感じになり、試しに横になって、右に寝返りを打つとめまいはしない。以前はこうするとめまいを起こしたのだが、それはなかったのでめまいの再発ではなかった。同様に左に寝返りを打っても何ともない。しかし立ち上がって歩いてみると、いちおうまっすぐに歩けるし家事も仕事もできるのだが、何となくふらつく気がするのだ。

幸い漢方薬局に行く日だったので、先生に症状を話すと、

「季節の変わり目で、そういう人がいっぱいいるのよ」

といわれた。

「きっと風邪のウイルスが胃に入ったんでしょうね。気がつかないうちに、実は風邪をひいているんですよ。みんながみんな、喉が痛くなったり鼻水が出たり、咳が出たりするわけじゃないから」

先生の知人も、仕事に支障はないのだけれど、私と同様の症状が続き、いろいろと薬を服用したが治らず、結果的に風邪用の「麻黄湯《まおうとう》」を服用したらすぐに治ったのだそうだ。私には「真武湯《しんぶとう》」のエキス細粒が処方された。その場で「霊黄参」と共に一包飲んだら、帰るときにはまだ多少のふらつきを感じたが、夜になったら症状は治った。これらの薬は各人の体質を診ての処方なので、すべての人にあてはまるわけではない。

「やっぱり甘い物を連続して食べてはいけなかった」

と深く反省した。以前も甘い物の食べ過ぎで胃に負担をかけ、それが巡り巡ってめまいの原因になったのに、治るところっと忘れてこの有様だ。今回は胃に負担をかけて、その弱ったところを風邪のウイルスに狙われたらしい。それから甘い物を食べないようにしたら、ふ

らつきの症状はまったく出ずに、問題なく過ごしている。やはり私には甘い物は一週間に一度が適量のようだ。

このところ着物関係の相談が続いている。

「急遽、趣味の集まりで浴衣が必要になったのだけど……」

とメールが届いた。私がずっとお世話になっていた編集者で、今は定年退職なさっている方である。彼女は背が高いので、裄が七十二センチあるとのこと。時間がないので仕立て上がりのトールサイズのものを探していて、都内のデパートに問い合わせをしてみたら、唯一、二枚のみではあったが、私がふだんお世話になっている店が在庫を持っていたとの話で、呉服売り場でいつも担当してくださる方に連絡をして、取り置いてくれるようにお願いしておいた。それと外反母趾《がいはんぼし》の足に合う足袋はあるだろうかといったご相談も受けたので、

「合織よりも綿のパーセンテージが高めのストレッチ足袋があって、私もそれを長年、履いているので、足袋についてはご心配はないと思います」

と返信しておいた。

その日、久しぶりにお会いして昼食を二人で食べた後、売り場に出向いた。目の前に並べ

られた二枚の浴衣は、両方とも素敵だった。ちんちくりんの自分の寸法から比べると、明らかに身丈も裄も長いんだなあと眺めていた。両方とも綿絽《めんろ》で、一枚は生成《きな》りの地に落ち着いた水色で、花と葉が全面にあしらわれている。浴衣というよりも、夏着物といった雰囲気の優しい感じのものだ。もう一枚は薄いブルーグレーの地に、露芝《つゆしば》が全面に描かれ、その上に掌ほどの大きさの紺色と白色の菊が重なっている、飛び柄のものだった。こちらはレトロ風のいかにも浴衣っぽい柄だが、趣があって素敵だ。試着してみるとどちらもお似合いだったけれど、用途としてはより浴衣らしいほうがいいのではと、菊の柄を選ばれた。背が低い私は、こういった柄を着ようとすると、まったく大柄も飛び柄も活かされないのだけれど、

「似合う人が着ると素敵だなあ」

と思った。彼女が持参した、紫地に紺の献上柄の博多単帯にもぴったりだった。選択肢が少なかったのに、気に入っていただけて、本当によかった。

彼女は私とは正反対の体格なので、足もまた私とは違い、外反母趾の部分は多少、幅が広くなっているものの、他の部分は足首も含めて細い。あれこれ足袋を試し履きしているなかで、指長という種類があるのをはじめて知った。幅がゆったりしているもの、細いものがあるのは知っていたが、そんなお悩みに対応している足袋まで製造されているなんて、足の指

も短い私は想像もしていなかった。たしかに指が長い人もいるので、そのほうが親切ではある。着物を着る人は少なくなっているというのに、意外にも細かい部分まで気配りされていたのだなと、あらためて和装に対する、メーカーの気遣いを感じた。

自分の買い物だけをしていたら、こんなことは知らないままだった。後見人としてお買い物にくっついていって、とても勉強になった。いつになく着物度が濃く楽しくうれしいひと月だった。

お金は貯まらず物が溜まる

今年の二月、いつも配達をしてくれる宅配便の担当の方が、

「こういうものがあるんですけれど、いかがですか」

とチラシを見せてくれた。それはアマリリスの栽培キットで、赤、白、ピンクなど花の色が選べるようになっている。私は花を長持ちさせるのが下手で、つぼみのまま枯らしたり、とにかく枯れかけている花を再生させるような、「緑の指」は持っていないのだ。その話を彼にして、

「うーん」

と迷っていると、これは準備するものは何もなく、まず箱の中から鉢を出したら、少量の水をやるだけ。その後は、芽や葉が出てから二週間に一度、１００cc程度の水を与えればよいと説明してくれた。そして、

「万が一、花が咲かなかった場合は連絡をください」

と責任の所在をはっきりしてくれたので、会社としても自信がある商品なのだとわかった。こまめに水やりや世話をするとなると、ちょっと面倒くさいのだが、芽や葉が出るまでは最初に水やりをするだけで、何もしなくていいというところが気に入って、値段もそれほど高いものではないので、一鉢、買ってみた。

栽培キットが届くと、説明書の通りにまず50ccの水をやり、寒さが大敵というので、家の中でいちばん陽当たりのいいところに鉢を置いて、ずっと観察していた。ところが一週間経っても、二週間経っても、芽が出る気配がない。もともと「緑の指」ではないので、もしかしてこのまま芽すら出ないで、枯れてしまうのではと心配になってきた。ところが一か月半ほどしたら、五センチほど茎が伸びてきた。大喜びして１００ccの水をやって見ていると、一か月半の間、何もなかったのが嘘のように、日に日にものすごい成長を見せた。それでも水は二週間に一度だけというので、何もやらず、「また伸びた」「またまた伸びた」と驚きながら見ていると、茎が三十センチ以上に伸び、葉っぱもぐんぐんと伸びて植物らしくなってきたのである。

あとは花が咲くかである。とにかく植物に関しては、自分が信じられないので、

（もしかしたらこのまま、茎が伸びただけで花は咲かないかも）

とまだ疑っていた。これは宅配便の会社が悪いのではなく、私のせいなのである。私の部屋で咲く花はないくらいに思っているので、アマリリスが一輪でも咲くまでは、気が許せなかった。

ところが四月に入ってから、つぼみらしきものがいくつか出てきた。

「おおーっ」

と感激しながらも、

（いや、このまま枯れてしまうかもしれないから、まだ喜べない）

と不安な思いを抱きつつ、毎日、じっと様子をうかがっていた。するとめでたいことに、ピンクと白が混じった、直径十センチほどの大きさの花が見事に咲いてくれた。

「おお、咲いたじゃないか」

茎の長さが三十センチくらいの位置にぽっかりと咲いている。私の部屋は、「男の部屋」といわれるくらい、まったく愛想のない部屋なのだけれど、そこにピンクと白の大ぶりの花があるだけでも、ちょっとうれしくなってきた。

以降、芽が出るまで何の音沙汰もなかったのが嘘のように、次から次へと堰《せき》を切って花が咲きはじめた。本当にびっくりするくらいの速度で、四輪、五輪とまとまって咲き、ぼんぼりのようになっていく。ある日、買い物から帰ってきたら、咲いた花の重みで鉢が倒れていた。結局、十輪の花が咲いて今季は終わりのようだった。一輪目の花が咲いてからのスピードがあまりに速くて、あっという間だった。

説明書には花が咲き終わったら、茎を根元から切り取り、葉が出てきたら少しずつ水やりをするとある。そして再び、秋口になったら根元から茎を切り、水をやるのをやめて陽の当たらないところに置いておく。翌年、春になって今年と同じことを繰り返すと、花の数は少ないけれど、また咲くのだそうだ。正直、芽が出るまでと花の咲き終わりまでの、時間のバランスが、ものすごーくゆっくりそしてものすごーく速いという変則的な状態に、ちょっと慣れなかったが、また来年、花が咲く楽しみが増えた。もしかしたら私の場合、これで終わりかもしれないが。

日中、仕事をしていたら、町内を、何かを訴えながら車が走っていた。それも結構長い時間である。不要品回収車でもないし、もちろん選挙カーでもない。いったい何なのだろうかと、仕事の手を止めてベランダに出て聞いていたら、所轄の警察署からのお知らせの車だった。

「ただいまこの地域に特殊詐欺の電話がかかってきております。そのような怪しい電話がかかってきましたら、相手にならないですぐに電話を切り、近くの交番か警察署にご連絡ください」

誰かが通報したので、警察署の車が注意喚起のために町内を走り回って教えてくれていたのだ。何とまあ、素早い行動かと私は感心したのだが、それだけ被害が多い証拠だろう。うちではふだんはファクスか留守電にしているので、そういった類の電話がかかってきても、私はわからない。日中、ふと見ると電話がかかってきている形跡があり、留守電が作動したとたんに電話が切れるということが何度もあったが、もしかしたらそのような電話だったのかもしれない。

以前は怪しい電話が何度もかかってきた。いかにも怪しそうなぞんざいな口ぶりの男から、受話器を取ったとたんに、

「あのさあ、旦那さんに用事があるんだけどさあ」

といわれた。私は独身なので、当然、旦那などという人はいないのだが、私はひとり暮らしなんですけどなどと、相手に自分の情報を与えるのはいやなので、

「主人は海外に長期出張中ですが、どういうご用件でいらっしゃいますか」

と丁寧な口調で嘘をいったら、すぐに電話が切れた。他にも昔のオレオレ詐欺的なものも、何件かかかってきた。電話を通じさせないようにするのは迷ったけれども、いちいちこういった輩《やから》に対処するのも面倒なので、ファクス、留守電に切り替えた。必要がある人は他の方法でも連絡をしてくるはずと考えているからだ。

先日も、高齢女性が五千万円も騙《だま》し取られてしまったと、ラジオのニュースで聞いた。幸か不幸か私はそんな大金を持っていないし、稼いだ分は貯金をほとんどせずに使ってしまうタイプなので、どこから何といわれても、余分なお金は出てこない。万が一、特殊詐欺の電話がかかってきて私が受けたとしても、どこを叩いても出てくる金がないというのも、安心のひとつかもしれない。

金は貯まらないけれど、相変わらず部屋の中には処分するべき物が溜まっている。本来ならば四月二十七日からの十連休のときに、部屋をきちんと片づけるはずだったのだが、ずっと仕事をしていたので、処分したいものは放置したままになってしまった。これから少しずつやらなければと、ひとつずつ「ときめき」をチェックしていると間に合わないので、四十五リットルのゴミ袋を持って、目についたものをどんどん袋の中に入れていったら、あっという間にいっぱいになってしまった。できればもうちょっとやりたかったけれど、今日はそれでおしまいにして、あとはなぜか『大辞林』の下から出てきた、ぺったんこになったTシャツ、それと冬物のパジャマ、コットンのシャツなど、劣化したものをハサミで適当な四角にカットして、掃除用の使い捨て布にした。

買ったけれども、一度くらいしか着ておらず、今後も着ることがないものは、古着支援プロジェクト用の箱に入れた。七、八年ほど前から、まだよい状態でこれから着る予定がない服があったときは、「一般社団法人わかちあいプロジェクト」に送っている。年に一度の受け入れで、毎年支援先は変わる。今年の送り先はタンザニアの難民キャンプだそうだ。

必要な衣類は、夏服、冬服、関係なく、動きやすい普段着がよく、特に学校のジャージが喜ばれるという。当然、送るものは洗濯がしてあり、汚れ、しみ、穴開きなどがないもので、迷彩柄、ミリタリー風のデザインは、それを着た一般人が軍隊と間違われてトラブルの元になるので、避けるようにと但し書きがあった。一箱ごとに募金を負担する必要もあるのだけれど、興味のある方はサイトを検索していただければと思う。

このように物を減らしているのにもかかわらず、一向に部屋がすっきりしないのはなぜなのだろう。基本的に私が物を床置きするのが癖になっているのが、いちばんの問題なのだが、収納に比して物が多いのは本、雑誌である。いつも何冊か手近に置いておくのだけれど、それが仕事机兼食卓、ソファの前のローテーブルの上、さらにそれぞれが置いてある床の上にも何冊かあるという状態で、これが根本的に片づかない理由である。

その重なった本や雑誌の中から、仕事が終わった後、

「さて、今日は何を読もうかな」

と取り出すときがいちばんの楽しみなのだが、一度、本来の置き場である本棚に戻し、そこに取りに行くのがよいのはわかっている。還暦をとうに過ぎているのに、どうしてこういうことができないのかと、自分でも呆れてしまう。

「まったく、いけませんっ！」

四十五リットルのゴミ袋を手に、現状を見て自分自身を叱ったのであるが、それだけではどうにもならず、自分のしたことは自分で尻ぬぐいをしなくてはならない。しかし本棚にそれらの床置きの本を戻そうとすると、すでに本棚はぱんぱんなのである。先日も段ボール箱に二箱分をバザーに出したのだが、それだけではまだ足りなかった。電子書籍についてはリーダーも持っていないし、本の手触りが好きなので、どうしても単行本、文庫本を買ってしまう。本当に何とかしなければいけない。片づけようという努力や意欲がまだ足りないのだ

ろう。

「いつ、あんたは本気を出すんだ！」

そう自分自身に怒っている。

週に何回か、午前中にウグイスがやってきて、鳴き方の練習をしている。「ホーホケキョ」がだんだん上手になってきて、確実に努力の跡が見える。ウグイスを見習いたい。


外出のため、行き先の最寄り駅で降りて、地下通路を歩いていると、私の横を五十代くらいの背の高い男性が通り過ぎていった。サングラスをかけて、とてもお洒落な人だったのだが、ふと見ると盲導犬を連れている。その通路はエスカレーターに通じていて、利用客は地上に上がっていく。彼らもこのままエスカレーターを利用するのだろうけれど、ちょっと心配になった。すると彼らの前を歩いている人たちが、彼が盲導犬を連れて歩いてくるとわかると、邪魔にならないように次々と横によけて、彼らの前に大きくスペースを空けた。そしてそこに居合わせたおじさん、おばさん、おじいさん、おばあさん、仕事中と思われる会社員の人たちなど、ざっと見て三十人ほどが彼らの様子を見守っていた。

イヌがちゃんとエスカレーターに乗れ、彼をエスコートできるのだろうかと、私は気になったのだが、周囲の人たちも同じような気持ちだったらしい。彼らを追い越して先に行こうとする人は一人もいなかった。エスカレーターの前に着いたイヌは、ちょっと逡巡《しゅんじゅん》していたが、彼に二度ほど声をかけられて、ぽんとエスカレーターに跳び乗ることができた。イヌが乗るまでじっと待っていた一同が、ほっとして後に続く。エスカレーターで彼らの前に乗っていた大学生の男子四人が、盲導犬が乗ってきたのがわかると、おしゃべりをやめて、振り返って彼らの様子を気にしてくれているようだった。そして地上に到着してからも、少し離れたところで待っていて、彼と盲導犬が無事、エスカレーターを降りたのを確認して歩き出した。

無事、何事もなく過ぎたのだが、ふだんテレビを点《つ》ければ、信じられないようないやなニュースばかりを見聞きさせられ、

「いったい、世の中どうなってるんだ」

と腹立たしく思っていた。どんどん世の中は悪くなるばかりと悲観してもいたのだが、このような状況を目の当たりにして、

「世の中、まだまだいい人がいっぱいいるじゃないか」

とうれしくなった。そこで自分勝手な振る舞いをする人はおらず、ただただ静かに、彼ら

がスムーズに移動できるように見守っていた。もしかしたら盲導犬を連れていたことも大きかったのかもしれないけれど、それでも日々のニュースを思い出して、憤慨してばかりいたなかで、久しぶりに心があたたまる出来事だった。

掃除機とハーブティー

友だちの家がいつ行っても塵《ちり》ひとつなく、片づいているのがいいなと思っていた。うちは毎朝、フローリングにワイパーをかけ、もともとカーペットが敷いてある部屋には、一日おきに掃除機をかけていた。その掃除機も昔は汚れた排気が出ないという、M社のものを使っていたが、年々、その大きさと重さが辛くなって、吸引力には目をつぶり、国産の動きが軽いものに買い替えたのだった。

ネコを保護してからは、カーペットに毛が絡みつくので、濡れ雑巾やゴム手袋でこすったり、箒《ほうき》で掃いたり、ラバーブラシで毛を掘り起こし、それを掃除機で吸い取ったりしていた。しかし、きれいに掃除をしたようでも、抜けたネコの毛が落ちているし、ネコ砂も、こんな所に？　と驚くような場所に落ちている。もともと掃除は好きじゃないし、神経質でもないので、動物を飼っているのだからと、あまり気にしないようにしているのだが、動物を飼っておらず、大人だけで住んでいると、こんなにきれいなのかと感心する。そうなると我が部屋のいまひとつすっきりしない有様が気になるのだ。

彼女が淹れてくれたお茶を飲みながら、そんな話をすると、

「これがいいわよ」

と有名なD社のコードレス掃除機を持ってきた。家が三階建てなので、各階に一台ずつ置いているのだという。私も前から気にはなっていて、いろいろと調べた結果、「スイッチが固くて高齢の親には使いにくい」といったコメントを見て、購入を見送ったのだった。

「スイッチが固いんでしょう？」

私が聞くと彼女は、

「昔のはそうだったんだけど、新しいのはそんなことがないの。新しいのが出るたびに、問題は改善されているみたい」

という。使わせてもらったらスイッチは固くなく、まったく問題がなかった。実際に試してみてとてもよかったので型番を控え、家に帰ってすぐに注文したら、翌日届いた。ネコがいちばん長くいる場所は、リビングルームだが、ここはフローリングで、ピース敷きのマットなどもないので、毛は転がるだけで絡むことはなく、それほど神経を使う必要はない。

いちばん気になっているのは、ネコがよく出入りするカーペット敷きのベッドルームで、

ここは棚の下にもぐり込んだり、寝転んだりするので、カーペットの奥に毛が絡んでいる。これまで、あれこれ道具を使って、ネコの毛を根こそぎ取ろうとしても、全部取り切れたという満足感はなかった。何度やってもたんまり毛が取れるので、どれだけやれば絡んだ毛がなくなるのだろうかと首を傾げていた。

しかし今、うちにはあの吸引力に定評がある掃除機がある。「強」にするとすぐ充電を消耗してしまうと友だちからアドバイスを受けたので、「中」でやってみたら、ものすごい勢いでダストカップに毛が溜まっていくのがわかる。わあ、すごいすごいと喜びながら動かしていたら、突然、変な音に変わって、ゴミを吸わなくなった。そして吸わないどころか、逆に吸引する場所から、ぷすっぷすっという音と共に、ゴミを吹き出しはじめたのである。

「えっ、壊れた?」

びっくりしてスイッチを切ってよく見ると、たった一畳ほどのスペースを掃除しただけなのに、すでにダストカップの中には毛がいっぱいになり、吸引口からも吸い込んだ毛が見えていた。つまり掃除機の中すべてにネコの毛が目一杯詰まってしまったのだった。ベッドルームは六畳ほどだが、ベッド、チェスト二台と棚二本が置いてあり、空いているスペースは少ないのに、あっという間にカーペットに絡みついていた大量の毛が吸い取られていたのであった。

　私はあわてて中に詰まった毛を取ろうとしたが、ぎっちぎちに固まっていたので、何年か前にお弁当についていたのを、封を切らずに取って置いた割り箸を持ってきて、それでちょっとずつつまみ出した。そして最後にダストカップに溜まった毛を捨てて、なんとか中を空にした。スペース的に、あともう一回、同じことをしなくてはならないのではと、不安になりながら掃除機をかけていたが、何とか今度はゴミを吹き出しはしなかったものの、やはり同じように毛でぎっちぎちになった。

「どれだけ毛が絡んでいたんだ」

　ゴミ袋の中のこんもりとした毛を見ると、うちのネコの軽く二匹分はありそうだった。ネコを飼って二十一年間、一度も掃除をしていなかったというのならともかく、それなりにカーペットの毛を起こして掃除をしていたのに、こんなに毛が絡んでいたとは。やってもやっても湧き出るように毛が出てきたはずである。あらためて見ると、グレーのカーペットの色が、一段階明るくなっていた。

　今まで使っていた掃除機は、いったい何を吸っていたのかと、驚いている私のところに、うちの老ネコがやってきて、色が明るくなったカーペットを見て、

「あら、これはいいわね」

といいたげに、まずスフィンクススタイルになってしばらく目をつぶり、その次にころりと横になって、

「にゃあ」

と鳴いて、「撫でて」と要求した。

「はい、わかりました」

体を撫でてやると、いつになくゴロゴロの声が大きい。掃除をした違いがわかっているのだろうか。カーペットがきれいになったのはとてもよかったが、ループというループに絡みまくっていた、あまりのネコの毛の多さに衝撃を受けたのだった。

年に四回、歯科検診だけは続けているのだが、今回も特に問題なし。

「ブラッシングもとてもよくできていますね。このまま続けてください」

前回、私の磨く力が強すぎるようなので、ふつうの硬さの歯ブラシではなく、柔らかめのものを使ったほうがいいと、歯科衛生士さんからアドバイスしてもらって以来、柔らかめのブラシを使っている。柔らかめだときちんと磨けないのではないかと思っていたが、そうで

はなかった。

朝起きるとすぐに歯ブラシだけで歯を磨き、昼食後に簡単に歯磨き、そして夕食後にはデンタルフロス、歯間ブラシ、歯磨きを毎日続けている甲斐があったというものだ。正直、歯と歯茎の間に器具を入れられて、ぐりぐりされるのは気分のいいものではないが、それで歯磨きだけでは取れない歯垢が取れるのだから仕方がない。

空調のきいた歯科医院で一時間近く、うがいだけで水分を取らずに、ずっと口を開けた状態でいなければいけないので、喉が弱い私はあとで必ず喉が乾燥してしまうのか、調子がいまひとつになる。しかし他の検診はすべて拒否しているなか、寝ても歯は治らないので歯科検診は必要と考えている。そして、その場で次回の予約も済ませてまじめに通っている。検診はなんであっても、問題なしがありがたい。

以前はドキュメンタリー番組をよく見ていたが、最近はテレビ自体を見なくなったし、重いテーマのものは特に見なくなった。しかしＮＨＫスペシャルの「彼女は安楽死を選んだ」は気になっていて、録画していたのを夕食後に見た。重い神経難病の二人の女性と家族が出演していた。

一人の女性はシングルマザーで、タクシーの運転手などの仕事に就きながら、働きづめで娘を育てた。娘も育ち上がり、自分の時間を持てるようになった矢先に病気と診断された。もう一人は韓国に留学し、韓国語の通訳として活躍していた女性で、彼女も新しい仕事に臨もうとしたところで病気と診断された。体が徐々に動かなくなっていく病気なので、最終的には胃瘻《いろう》と人工呼吸器が必要になる。シングルマザーの女性はそれを受け入れ、もう一人の五十二歳の女性はスイスでの安楽死を選んだのである。

病気の辛さは本人にしかわからない。想像もできないほど辛い日々だっただろう。安楽死を選んだ女性の二人のお姉さんが、本当に献身的に彼女をケアしているのがよくわかった。そのお姉さんたちが妹の安楽死を見届けなくてはならない心情は察するに余りある。点滴のストッパーを緩めると薬剤が体内に注入され、五分くらいで死に至る。女性が躊躇なくストッパーを緩めるのを見たお姉さんが、

「ああ、開けちゃったよ」

と悲しそうにつぶやいたのが見ていても辛かった。

死に至るまでに多少の苦しみが伴うものかと思ったら、彼女は姉たちと抱き合って御礼をいった後、信じられないくらい静かに眠るように亡くなった。彼女の映像は安楽死の証拠と

してスイスの警察に提出されるので、スイスの団体職員が終始ビデオ撮影をしていた。遺体は日本の法律で持ち帰れないので、現地で火葬して灰を撒いてきたという。スイスの安楽死団体の行為を自殺幇助《ほうじょ》といっている人もいて、とても難しい問題だが、彼女たちはそれぞれ自分のために生きようとし、亡くなったのだろう。

この番組を見て、私は二、三日の間、ずっと考えていた。昔から起きて半畳、寝て一畳という言葉があるが、亡くなるときは本当に一畳のスペースしかいらないのだ。そして亡くなったら自分の体もいらなくなる。私は彼女よりも一回り年齢が上なのに、部屋を見渡せば、日々物を処分しているとはいえ、まだまだ物があふれている。母のところからまわってきたものもあって、着物と帯がいちばん量が多いのだが、仕立て直し、染め直しはするけれども、もう買わないと決めている。

着物や帯を買うと、デジカメで撮影したデータを、一般的な辞書くらいの大きさのコンパクトフォトプリンターで印刷して、すべてファイリングしていた。デジカメに、以前購入した着物を撮影したデータがそのままになっていて、それをプリントしなければと、作業をしていたら、最後に買った着物の印刷が終わったとたんに、プリンターが突然、壊れた。もうこれで終わりと思って買った着物をプリントして壊れたので、

「ああ、これでもう、すべて打ち止めということなのだな」

と深く納得した。そしてもう着物や帯の画像をプリントする必要がないので、壊れたコンパクトフォトプリンターは処分した。どうしてこんなにタイミングよく壊れたのかわからないが、ちょっとすっきりした。

年々、カフェインが苦手になってきて、最近はデカフェの紅茶ばかりを飲んでいるのだが、それでもカフェインは完全にゼロではないので、毎日飲んでいると少しずつカフェインが体に残っているようだ。カフェインが残りやすい体質なのかもしれない。デカフェ紅茶のパッケージを見ると、どれくらいカフェインが残留しているかが表示してあるので、それを目安に飲んでいたが、やはり残留している量が多いものを続けて飲んでいると、私にとってはあまりいい影響がなかった。怒りっぽくなったりするので、そんなときには白湯や常温の水を飲むと、少しましになっていた。

デカフェでもこんな具合なので、あとはハーブティーを飲むしかないかと考えているのだが、実はハーブティーはそれほど好きではない。フレッシュなものならともかく、ティーバッグのものは、白湯にちょっとだけフレーバーがついたものとしか思えずすぐに飽きてしまい、それならば白湯だけのほうがましだと思っていた。

デパートに用事があったついでに、デカフェのお茶を探していたら、オーストリアの「ゾネントア」というメーカーのお茶に目がとまった。そのなかにチェコ原産の「ヒルデガルトのお茶」シリーズがあり、「エネルギーのお茶」という商品があった。調べてみたらヒルデガルトは十二世紀に活躍した女性で、ラベンダーの薬効をヨーロッパに紹介した人物といわれている。メディカルハーブを修道女たちに教え続けて二つの修道院を作り、植物を健康に活かす研究を続けていたようだ。人の体質を「四体液気質」に分類して、それぞれにふさわしいお茶のレシピを残している。昔は欧米も病気の治療には植物を使っていたので、八百年前の彼女のレシピを現代人に合うように変えて作られたのが、「ヒルデガルトのお茶」シリーズということらしい。

私が紅茶を飲む理由は、仕事モードに入りたいからで、カフェインの含有がなくて、同様の効果があるのならと買ってみた。飲んでみて驚いたのは、飲んでしばらくすると、汗がじわーっと出てきたことだった。そして頭もすっきりしてきて、問題なく仕事に入ることができた。配合されているのは、すべて有機のもので、ヒソップ、スペアミント、フェンネル、ローズヒップ、カモミールである。

ヒソップははじめて飲んだが、このお茶を輸入している「おもちゃ箱」のサイトでヒルデガルトのお茶に関するコンテンツを見ると、ヒソップの効能として、

「悪臭を放つ体液を浄化する。食べると肝臓は活気づき、肺は浄化される」

とあった。以前、フェンネルシードをそのままつまんで食べたことがあったが、同サイトではフェンネルについて、

「食べた人を幸福にし、発汗を促し、消化を良くする。悪い粘液や老廃物を排出させる」

と書いてあった。私の体の中から悪い粘液やら体液やら老廃物やらを出してくれたのかもしれない。

今まで飲んだティーバッグのハーブティーとはまったく違うので、同じ「ゾネントア」の、季節の変わり目に飲むといいハーブティーなど、他の種類もいろいろと買って飲んでいる。興味がある人は、アソートタイプがあるので、まずはそれを試してみるとよいのではないかと思う。とりあえず健康で平凡な生活ができる日々に感謝しつつ、長く生きていると、いろいろなものに出会うなあと、最近はお茶の時間が前にも増して楽しみになってきたのである。

桃の幸せ、ラップの悩み

梅雨寒《つゆざむ》が終わったとたんに暑くなった。今年の夏はいったいどうなるのかと気になって仕方がない。昨年は猛暑のなか、着物本の撮影があったので、タンスの中から着物や帯を取り出して総数二百点以上、撮影する日ごとに分けて梱包していたのだった。担当編集者は、手伝いに来てくれるといったのだが、うちの老ネコは私以外の人が家にいると、他の部屋に避難して寝ないで緊張してしまう。それと着物の扱いに慣れていない人に、「そうしちゃだめ」「ああしたらだめ」と注意しながら作業をするのも気疲れするので、自分でやったほうがましと判断して、猛暑のなか一人で延々と梱包し続けたのだった。

着物をたたんだり梱包したりするのは嫌いではないのだが、やっていてだんだん虚しくなってきて、

「こんなに頑張っているんだから、ちょっとくらい贅沢したっていいだろう」

と自分への景気づけで、五個の桃を買った。値段は一万円だった。一個二千円というわけ

だが、今の自分には、これくらいのものを食べたって、罰は当たらないと食べてみたら、もうこれがめちゃくちゃ幸せになるくらい、おいしかった。

「ああ、うれしい」

さっきまでぶつくさいっていた不快な気分がふっとんでいった。そして、

「まだ桃があるんだから、頑張れ」

と自分自身を激励しつつ、撮影するすべての着物と帯、小物類を梱包し終わった。そしてお疲れ様と自分自身を労《ねぎら》い、数日後に最後の一個を食べて大満足だった。汗をかきながら作業をしたせいか、体重が二キロ減っていたのもうれしかった。

私は到来物の果物は何でもいただくが、自分で買うのは桃かさくらんぼ、パイナップルくらいしかない。一時期、シャインマスカットにはまったこともあったが、それは今は落ち着いている。さくらんぼも考えたが、桃のあの大きさを食べたほうが、労働への対価としてふさわしいような気がしたのだった。

ふだんは桃のはしりには我慢して購入せず、店頭にたくさん並ぶようになると、手頃な値段のものを買う。たまに甘くないものにぶつかるが、それはサラダにする。これは私が考えたものではなく、テレビか料理本で見た記憶があるのだが、いったい誰が作っていたのかは

覚えていない。

桃は一口大の大きさに切り分ける。桃を食べるのが目的なので、小さいものだったら一個は使ってしまう。ルッコラもたっぷりあったほうがおいしい。それらを器に入れて、オリーブオイルと少量の塩（天然塩に限る）で適当に味をつけるだけ。酸味が欲しければワインビネガーを加えてもいいと思うけれども、私は使わない。ふだんは朝食にパンを食べないけれど、真夏は御飯だと重く感じる日があるので、他の季節よりもパンをよく食べる。天然酵母で作られた、レーズンやナッツがたくさん入っているハードパンと、この桃とルッコラのサラダを食べると、猛暑の夏でも朝から幸せな気持ちになれる。甘くない桃はちょっと悲しいけれど、それなりに食べられるので、アボカドを買うときよりも緊張しないのがうれしい。

マイクロプラスチック汚染問題が、自分たちの生活のなかから発生していると知ってから、なるべくプラスチック製品を使わないようにしようと考えている。洗剤を使わなくても食器などがきれいになり、水質汚染にも影響しないといわれ、私を含めたおばちゃんたちが、せっせと編んでいた、あのアクリルたわしが、マイクロプラスチック汚染の要因のひとつだなんて、誰が想像しただろう。合繊のアクリルを使うことで、微細な繊維が排水口に流れ、それがマイクロプラスチックとなって、永遠に海中を漂うのである。マイクロプラスチックの原因となるものは、海と直結している排水口に流してしまうのがいちばんよくないらしい。私はそんなことなど知らなかったので、せっせと編んで使っていた。友だちにもあげてしまった。悔やんでも使ってしまった日々はもう取り戻せない。

「もっと早く教えてくれよ」

といいたくなったが、気がついただけでもまだましだったかもしれない。

先日のG20でもマイクロプラスチック問題が議題になっていたが、海外はもっと日本の先をいっている。マイクロプラスチックについて書いてある本を読むと、プラスチック容器を使わないように、店内に生鮮品や調味料の量り売りのコーナーがあったり、野菜などは包装されずにそのままで売られている。私の子供の頃のような昭和の小売店の風景だ。そこでは消費者が肉や魚を買う場合、自前の容器を持っていっても問題ないらしい。

最近は男性も女性もマイバッグを持って買い物をしている人が多い。しかし私が見た限りでの話だが、いちばんマイバッグを持っていないのが、八十過ぎと思われる高齢女性たちだった。彼女たちは若い頃は、鍋を持っていって豆腐を買ったり、買い物に行くときは必ず買い物カゴを持っていったはずだ。しかしだんだん、店がくれるレジ袋が登場し、自分は財布さえ持って出ればよく、便利な状態になった。たとえば物をもらったときは、過剰に梱包してあると、それを丁寧な扱いと感じ、こちらは客なのだから、お金を払ったら店が袋をサービスするのは当たり前という、楽をする感覚で過ごしてきたからかもしれない。本人もマイクロプラスチックなどの問題には興味もないのだろう。日本だと食中毒とか、何かよくないことが起こったときに、店の落ち度を追及する場合が多いので、店側も生鮮品を入れる容器については管理したくなるのはわかるような気もする。

木綿布を利用して、バラ売りの野菜を買うための袋が海外では売られている。大きさがいくつかあり、写真を見て「へええ」と感心して、現物を見たいと思っていたら、フィンランドを旅行してきた友だちが、偶然、バラ売りの果物を入れる袋をおみやげに買ってきてくれて、ちょっと興奮した。大きさは十八センチ×二十一センチで、本体はとても柔らかいメッシュ状の木綿。ワッフル織りの布の、縦横の木綿糸の太いところだけが残っているような形状だ。上部は二重になっていて、そこに木綿の紐が通されているシンプルな作りだ。オレンジ三個のイラストが描かれたタグがついていたので、容量は多くなくいちばん小さなサイズではないかと思う。価格は五ユーロなので、六百円くらいだろうか。プラスチック製の不織布やネットならば、もっと安くできて百均でも売れるだろうが、それらはマイクロプラスチックの元凶になるので、袋の値段は妥当なのだろう。

現在は、使っていた台所用のスポンジをすべて使いきったので、セルロース製のものを試しに買ってみた。しかしこれを使い切ったらどうしようかと考えていたら、雑誌にたこ糸で編むコットンたわしの編み方が載っていた。世の中の流れがアクリルたわしからコットンたわしに変わったのである。たこ糸は家にないしなあと思いながらページをめくっていたら、着物の絹の胴裏を使った、絹たわしの編み方が載っていて、これが私にはありがたかった。

着物の胴裏は襦袢を着たとしても、汗をかいたりして汗染みがついたりするので、手入れに何回か出した後は、洗い張りをして胴裏も新しいものと取り替える。その際、古い胴裏を返してくれるのだが、黄変《おうへん》していない部分を適当な長さにカットして折りたたみ、家着用の半衿にもしていたものの、ほとんど使い途《みち》がなかったのである。かといって正絹《しょうけん》だからもったいなくて処分するわけにもいかず、長い間、引き出しに入れていたままだった。それが絹たわしとして復活させられるのである。ただしアクリルたわしとは違い、油を使った食器などを洗うときは、石けんが必要らしい。

なるべくプラスチック製品を避けるため、ゴミ受けネットを使わなくなったり、スポンジでは取りきれない場合は、亀の子束子《たわし》を使うようになったが、これがとても優秀で、御飯を炊く土鍋を洗うにはうってつけだった。やはり昔から日本にある道具同士は、うまくつながっているなと感心した。御飯粒などの粘性のこびりつきも軽くこすれば落ちるし、あまりに楽しくて、大きさや形状が違うたわしを集めては、あちらこちらを掃除して楽しんでいる。そしてこれから絹たわしも加わる予定である。

そんななかで頭を悩ませているのが、ラップである。ふだんは何か物が余ると、使っていない陶器やステンレスの容れ物に入れ、大きさの合う皿を蓋代わりにしていたが、食器も断捨離しつつある今は、その余っている皿や容れ物がなくなってきた。いちばん問題なのは生鮮品である。野菜は冷蔵庫の野菜室に入れておけば問題はないが、魚、肉類が困るのだ。隣町に鶏肉専門店があり、そこで量り売りを買うと、トレイやラップがついてこないのでとてもよかったのに、数年前に閉店してしまった。スーパーマーケットはトレイとラップがセットになっているし、オーガニックショップで冷凍されている鶏肉も袋状のパック入りだ。

またスーパーマーケットなどの店頭で使用されているラップは、保存を目的とする家庭用とは質が違うので、家で保存する場合は、ラップを掛け替えたほうがいいと聞いて、そのようにしていた。なるべくラップを使うのを減らしたいのに、そのためにうちからいちばん近いであろう、対面売り場のある量り売りをしてくれるデパ地下に電車に乗って行くわけにもいかず、やむをえず市販のラップでいちばん小さいものを使っている。

そして魚はともかく、鶏肉は一度に使いきれないし、冷凍するほどたくさんは買わないので、一日、二日は冷蔵庫で保存しなくてはならない。以前はトレイに入れたままラップだけ替えて保存していたが、ラップの使用量をなるべく減らすために、ステンレスか琺瑯《ほうろう》の容器に入れるようになった。しかしラップに比べて空気に触れる面が多くなるので、ちょっと心配になっている。


参議院選挙の期日前投票に行く。投票日に並ぶのが面倒くさいので、自分の都合のいい日に投票している。何年か前、近所の区の出張所に期日前投票に行ったら、

「うちではまだ受け付けてません」

といわれてしまった。

「えっ」

と驚いていたら職員が、

「ほらね、区役所だとすでに受け付けているのですが、出張所は来週の日曜日からです。ここに書いてあります」

と投票所入場券と一緒に封入されている書類を広げて教えてくれた。

「あら、本当だ」

どこでも期日前投票ができると私は勘違いしていたのだった。以降は、ちゃんと日にちを確認して行っている。

選挙は候補者の当落過程を見るのが楽しみなのだが、出口調査というものがはじまってから、楽しみがなくなった。テレビの投票結果を見ながら、他府県の投票状況であっても、

「誰が当選するのか、落選するのか」

とどきどきしていたのに、出口調査が正確なせいか、投票終了直後から、ほとんど当落がわかってしまっている。これが本当に面白くない。私のかつてのどきどきを返して欲しい。

脱プラスチックについての新しい本が出たので、それを読んだり、脱プラスチック生活を続けている方のサイトを見たりしていたら、ビーズワックス（ミツロウ）を使ったエコラップが紹介されていた。円形や四角形の木綿や麻布をビーズワックスでコーティングすると、ラップの代わりになるという。どんなものかと試しに購入してみたら、保存用容器をきちんとカバーしてくれて、なかなかよい。おまけに手作りできるというので、家にある木綿のは

ぎれを引っ張り出し、粒状のビーズワックスを買ってきた。百グラムで六百四十円だった。これをはぎれの上にばらまき、上にクッキングシートをのせて、アイロンで溶かして布にくっつける。ビーズワックスがついていないところがあったら、またその上にのせてアイロンをかければよいという手軽さだが、急に暑くなったので、アイロンを使うのに躊躇したため、自作は涼しくなってからということにして、とりあえず買ったものを使っている。同じく絹たわしも、夏場はかぎ針で編むのに汗をかいて指のすべりが悪くなるので、製作はすべて涼しくなってからだ。

そこであらためてビーズワックスラップの説明書きを見たら、衛生的な問題から魚や肉には使えないとわかった。最近は不精して説明書きをろくに読まなくなったので、あとからぎょっとすることが多くなった。生鮮品だけではなく、油が多いものや酸味の強いものも避けた方がよいとあった。円形のものは容器をカバーするために便利で、四角いものは包装紙のように使えるので、サンドイッチやおにぎりを包むのに便利なのだ。

肉や魚は絶対に食べないヴィーガンの人だったら問題ないだろうが、やはり鶏肉や魚を食べる私としては、衛生面がクリアできるものがあればいいなと思う。そうなると化学製品に頼るしかないのだろう。しかし他の食品には使えるし、一年から二年は、手洗いして何度も使えるので、完成品を購入するにはちょっと価格が高めだけれど、生地店で木綿や麻のはぎれを買ってきて、自作するとずっと安く作れる。最近は編み物からも遠ざかっていたし、絹たわしとエコラップを作る新しい楽しみができてうれしい。

おネコ様と乳母

あまりの暑さにこまめに買い物に出る気にもならず、冷蔵庫の中にあるものを食い尽くしてから、仕方なく買い物に行く状態が続いていた。少しでもやる気を起こそうと、

「今日は桃を買いに行こう」

と決心するのだが、それでも外気温三十五度などと聞くと、家のドアを開ける勇気が出ない。しかし食材を調達しないと食べるものがないので、意を決して午前中に買い物に行った。夕方に外出しないのは、蚊に刺されるのがいやだからである。

猛暑日でふだんよりは人通りは少ないが、それでも高齢者が買い物に出かけている。あんな八十歳を過ぎている人たちまで、買い物に行っているのだから、あんたもぶつくさいわずにさっさと歩けと、自分を叱咤《しった》しながら近所のスーパーマーケットまで歩いていった。

この猛暑のなか、ぶつくさいいながらも私は日傘を差せる。しかし工事などで外で働いている人たちは、仕事とはいえ本当に大変だなと気の毒になってくる。彼らは炎天下、何も陰

になるものがないなかで、長袖、長ズボンで作業をしているのだ。

私が歩いていく先の建築現場で働いていた二人が、作業から離脱して私の前を歩きはじめた。その二人は遠目に見ても、揃いも揃って上半身が大きい。横断歩道の信号で彼らに追いつくと、彼らはファンつき作業服を着ていて、そのせいで作業着のブルゾンがふくらみ、上半身が大きく見えたのだった。夏前に、このような作業着があると、ニュースで紹介されているのを見て、

「こういうのを着ると、作業も楽だろうな」

と思っていたのだが、早速、導入されていた。しかし彼らはそれでも、手にしたタオルで流れる汗を拭《ふ》いていて、クーラーが内蔵されているほどにはならないようだった。しかしこの作業着がなかったら、もっと暑い思いをしなくてはならないのだろう。

スーパーマーケットは節電などどこへやらで、冷房がききまくっていて、必要なものを買っていたら、結局、両手にマイバッグを持たないとだめなくらいの量になってしまった。しかしどの食材も私の食生活には必要なので、重いと思いつつ一歩店の外に出ると、熱風が襲ってきた。うわあと顔をしかめ、とにかく家に戻るには足を一歩ずつ前に出さないとい

けない。

（踏切まで頑張ろう。次はコンビニの前まで、その次はあの角まで）

そう目標を定めて帰った。店との往復だけで体力消耗である。家のドアを開けた瞬間、エアコンの設定を二十八度にした室内の風に触れたときには、

「はあ〜」

と一気に力が抜けた。冷房が入っているベッドルームのベッドの上に座り、しばらく呆然としていた。

夏になると、火を使わないで作れる料理の特集をよく見かける。そのほとんどが電子レンジ調理なのだが、うちには電子レンジがないし、ＩＨコンロでもないので、直火で調理をしている。夏場、ふつうに料理を作ると、気温二十八度の場合で、顔面が四十二度ほどに上昇すると、テレビで放送していた。電子レンジ調理では温度変化はなし。火をつけた鍋の前にいたら、たしかに体への影響はありそうだ。調理中に熱中症になる場合も多いらしいので、火をつけたらキッチンから退避して、ときどき様子をのぞきに行っている。しかしこれをずっと続けているので、夏場の調理の暑さには慣れてしまった。

とはいえ、蛇口から水を出すと、突然、熱湯が出てきて、

「あれっ、給湯器のスイッチを入れていたっけ」

と確認してしまう。外気で水道管が温められて、その中の湯が蛇口から出てくるわけだが、これにも驚くし、ちょっとがっかりする。まあ水が必要になるたびに、遠路、井戸に汲《く》みに行くわけでもなし、蛇口からいつでも水や湯が出る生活に感謝しなくてはいけないのはわかるのだが。

寝るときは、麻のシーツに高島縮《たかしまちぢみ》のパジャマと決めてから、体にまとわりつく、じとっとする湿気からは、ある程度は解放されている。ベッドルームの冷房は寝るときには切る。熱帯夜だと暑いので、うちわを使ってみたらこれが都合がいい。これまでは十年以上前にいただいた、鹿が透かし彫りになっている奈良うちわを使っていたのだけれど、さすがに劣化してしまったので処分した。今年からは、ベッドルームには、踊る化け猫と名付けられた、手ぬぐいを巻いた二匹のネコのシルエットが踊っている渋うちわ、リビングルームには熊本県の来民《くたみ》渋うちわを置いている。

ベッドに横になって、首筋を集中的にあおいでいると、いい感じに涼しくなって眠くなってくる。最初は私と同じベッドに寝るうちの老ネコは、うちわであおいでもらうのが大好きなので、ころりと横になっているところをあおいでやると、うれしそうな顔をして目をつぶ

る。そして私が自分をあおぎはじめると、目をつぶったまま体を起こし、

「んーっ」

と催促する。そしてしばらく私のベッドで一緒に寝てから、自分のベッドに戻っていく。ネコがベッドを降りる前に私は寝られないので、ベッドに入ってから、十分から三十分の間は、自分をあおいだりネコをあおいだりし続けている。そして、愛情確認のためか、その後、二、三時間おきにネコが戻ってきて起こされて、

「撫でて」

と要求される。すべてネコの都合である。老ネコと私の幸せなひとときではあるのだが、そのおかげで夏の私は万年寝不足状態で、ますます体力を奪われている。

日中、毛皮を着て、気温が三十五度ともなると、さすがにネコの顔も、

「暑い……」

という表情になり、むっくりと起き上がって、

「うい〜」

ととっても迷惑そうな顔で鳴く。これはリビングルームのクーラーを入れてくれという合図なのである。

「はい、わかりました」

設定温度を低くすると寒がるので、二十八度にして微風にしておくと、部屋の隅の床の上で寝ている老ネコには、ちょうどいい感じの冷気が届くらしく、ほっとした顔になる。寝てくれないと、ずーっとぶつくさ文句をいい続け、私も仕事ができないので、早く寝て欲しいのである。クーラーを入れたらやっと寝てくれた。

ほっとして仕事をし続けていると、ネコが起きてきて、目が開ききらない半眼のまま、私の座っている仕事用の椅子に近づいてきた。

「うい～」

今度はクーラーを消してくれという。だいたいつけてくれというのが午後一時半、消してくれというのが三時半。ネコ的には直接の冷房は二時間が限度らしい。ネコのなかには、冷房のなかでへそ天（お腹を上にして寝ること）になっている子もいるのに、うちのネコはいちいち要求が細かい。

「はい、わかりました」

乳母は「はい、わかりました」としかいえない。すべておネコ様のいうとおりなのである。

ネコの希望通り、猛暑日は午後の二時間だけリビングルームの冷房を入れる日が続いた。

すると、連日の冷房で冷えたのか、三十五度近い気温でも、クーラーを入れてくれといわずに、冷房が入っているベッドルームに行って、体を冷やすようになった。そしてまた冷房がきいていないリビングルームに戻ってくる。それでもちょっと暑そうなので、タオルを水で絞って体を拭いてやると、うれしそうに、

「くるるるる」

ととってもかわいい声で鳴き続けた。

「涼しい？　よかったね」

声をかけるとうれしそうな顔をして、私の履いているスリッパに頭をのせ、ころりと横になった。お腹を拭きすぎて冷やすといけないので、背中を中心にした胴体、頭や顔を重点的に拭いてやると、

「くるるるる」

と鳴きながら寝てしまった。中腰でかがみ、スリッパを履いた私の足の上にはネコの頭があり、それをそのままの状態にしておくため、私はそーっと立ち上がり、目の前にあるチェストのいちばん上の引き出しの整理をはじめた。十分ほどしてネコは目を覚まし、本格的に

寝るために自分のベッドに戻っていってくれた。この隙に仕事をしなくてはならない。

再び冷蔵庫の中のものを食い尽くし、スーパーマーケットに買い物に行くと、大学生くらいの浴衣姿のカップルとすれ違った。男性は濃いグレーの細かい柄の浴衣、女性のほうは白地に紫陽花《あじさい》柄の浴衣で、ところどころに赤い色が飛んでいる。ずいぶん前、浴衣姿の彼らと同じくらいの年齢のカップルを見たが、二人はペアルックのつもりか、同じ柄の浴衣を着ていた。男性が女性の柄を着るわけにはいかないので、女性が男性と同じ男物の、それも細かい柄の浴衣を着ていたが、それはちょっとかわいそうだった。やはり若いお嬢さんに、おじいさんが着るような浴衣は似合わなかった。

しかしその日のカップルは、ペアルックというよりもリンクコーデのつもりなのか、二人で同じ色の帯を締めていた。女性のほうは浴衣用の博多織の赤の半幅帯。そして男性も同じ赤い色の兵児帯《へこおび》。私は若い男性が角帯ではなく、くたっとした赤い帯を締めていたのにちょっと驚いた。もしかしたら彼が締めていたのは、女性用あるいは女児用の兵児帯か、適当な赤い布を見つけて巻いただけだったのかもしれない。しかし二人がとても楽しそうだったのでよかった。

買い物をした帰り道には、浴衣を着た三十代後半から四十代はじめの女性とすれ違った。白地に藍色で百合《ゆり》の柄を描いた、すっきりとした浴衣で、髪の毛はアップにしている。足元は素足に下駄。それなのに耳には垂れる透明の大きなピアスに加え、ものすごい厚化粧なのである。分厚いつけまつげのせいで、目が開いているのか閉じているのかわからない。浴衣はあっさりと着るのがきれいなのに、首から上と下の違和感。浴衣が白地なので顔が負けないように頑張ってしまったのだろうか。

やっと少しだけ涼しさが戻ってきて、過ごしやすくなった。夜、ネコが起こしに来る回数が減ったのは、ネコも寝ているからなのだろう。ということはひんぱんに起こしに来ていたのは、ネコなりに寝苦しかったからだったのか。

寝苦しい→乳母の様子を見に行ってみる→乳母は爆睡→ちょっとつまらないので起こしてみる→乳母起きる→気分をよくするために撫でろと命じてみる→乳母、撫でてくれる→ちょっと気分がよくなって眠くなったので、自分のベッドに戻って寝る。その二、三時間後、寝苦しい→乳母の様子を見に行ってみる、が、エンドレスで続いていたようだ。寝ているところを何度も起こされるのは、本当に不愉快だった。何度、

「もう、起こさないで！」

と怒鳴りつけようと思ったかわからない。睡眠不足は体力を消耗するし、日中はそのぼーっとした頭で仕事をしなくてはならない。いい迷惑だ。しかしうちのネコは二十一歳なのである。いつまでその体を撫でてやれるのかと考えると、いくら獣医さんをはじめ、友だちから、

「元気ですねえ」

と感心されていても、あと一、二年かなあと残りの年月が頭をよぎる。そう思うと邪険にもできず、乳母は、

「はい、わかりました」

と撫でさせていただくしかない。うちのネコはそのへんをわかっていて、うまーく私を使っているのかもしれない。一生、おネコ様には勝てないが、ネコが喜んでくれると乳母もうれしい。


昆虫は大好きなのだが、害虫類、特に蚊が大嫌いなので、昨年からベランダで蚊連草《かれんそう》を育てている。育てているといっても、冬に室内に入れるだけで、ほとんど放置である。ゼラニ

ウム属の植物で、オーガニックの蚊除け成分に入っている、シトロネラを交配して作られたものらしい。ハーブの一種だと思うのだけれど、これが植物を育てるのが苦手な私には珍しく、ぐんぐん成長してくれている。そして枯れたかと思っても、茎からどんどん新芽が出てきて、生命力がとても強い。最近は猛暑だと蚊も飛ばないので、気温がやや下がるこれからが、奴らの出番になりそうだ。晴れの日が続いたら水をやるくらいで、申し訳ないくらいに手をかけていないのだが、買ったときに比べて高さも二倍以上になって、ベランダにやってくる蚊を阻止してくれているのかもしれない。とにかく寒くなるまで蚊に刺されないように気をつけたい。

豆苗《とうみょう》と台風

たまたまうちにあった料理本を見ていたら、豆苗を使った料理が載っていた。そういえば、しばらく食べていないなあと、近所のスーパーマーケットに行ってみたら、二パック買うとお得な安売りになっていたので買ってきた。夜は必ずきのこ類と、緑黄色野菜を多めに摂るようにしているので、いつも使っている小松菜を豆苗に代えて、玉ねぎ、きのこ、エビと一緒にオリーブオイルで炒め、塩、こしょうのみで味付けして食べてみた。緑黄色野菜はたっぷり食べたいので、パックの三分の二を使ったが、あっという間に食べてしまった。これがとてもおいしくて、それから毎日、豆苗に凝って買い続けていた。

私は気に入ると、同じものをずーっと食べていても平気なので、炒める野菜のベースは変えずに、エビをホタテにしたり、豚肉にしたりと楽しんでいた。そこで問題なのがカットした豆苗のその後である。根の部分が水に浸るようにしておけば、また成長して収穫できるということは知っていた。ずいぶん前に試したのだが、生えてきたのはひょろ〜っとした、豆苗というよりもできそこないのカイワレみたいな弱々しいもので、再利用はやめてしまったのだ。

しかしもう一度チャレンジしてみようと、根が水に浸るようにして置いていたら、前とは違って、長さはやや短いものの、購入したときとほとんど遜色《そんしょく》ないものが生えてきた。

これはいいと喜んで、使った豆苗をずらっと並べて収穫していたのだが、あるときふと目をやると、何かが豆苗のところにいる。近付いてよーく見てみると、豆苗が小さな羽虫のお休み処になっていた。通常は戸や窓は開けても網戸は閉めたままなのだけれど、ベランダに出入りしたり、ドアを開け閉めしたりした際に、隙間を狙って入り込んだに違いない。もちろん収穫したものは洗って使ってきたが、この現状を見たらそれらを食べる気にはならず、以降、収穫は諦めた。十日ほど豆苗のマイブームは続いたものの、見事に飽きた。自分の年齢を考えると、残りの人生で再びブームが訪れるかどうかはわからない。

歯科検診に行く。歯茎の状態もよく、歯石もついておらず、まったく問題ないと褒められる。今まで一年に四回だった検診も、三回にしてよいといわれる。褒められるのは相変わらず歯科医院でだけだ。

突然、洗濯機が壊れた。前の日までまったく問題なく使えていたのに、それも洗濯でいちばん重要な脱水機能のみである。どうせ壊れるのなら、洗濯は手洗いでもどうにかなるのだから、脱水機能だけは生きていて欲しかった。以前、突然、温水洗浄便座が壊れて水が噴き出したときには、私の人生史上でいちばんあわてたが、今度もびっくりした。どうして昨今の電化製品は突然、壊れるのだろう。たまたまうちで使っていたものだけがそうなのだろうか。

昔の電化製品は、

「そろそろ危ないですよ」

と教えてくれたものだった。ブラウン管のテレビは色合いがちょっと変になってきたのを見て、ドンとテレビを叩くと直った。テレビでも冷蔵庫でも洗濯機でも、だいたい叩くと元に戻り、それから一、二年は使えたものだった。使っているほうも心づもりができるので、動かなくなっても、

「まあ、仕方がない」

と諦めがつくのだが、突然壊れるとただもうびっくりするしかない。

午後から外出する用事があったので、脱水機能が失われた洗濯槽から、濡れた洗濯物を取り出し、ベランダの物干しスタンドの支柱に洗濯物をからませ、ぎりぎりとねじって水を切って干した。よりによってシーツを洗濯してしまって深く後悔した。外出前にいちおう購入する商品の目星もつけておいた。壊れた洗濯機には温風乾燥機能もついていたが、ふだん家にいる私はひとり暮らしだし、天候をうかがいながら洗濯ができるので、これまでに温風乾燥機能を使ったのは、三、四回くらいしかなかった。なので今回は温風乾燥機能ははずし、シンプルな全自動洗濯機の新製品に決めた。

帰り道、以前もお世話になった近所の電器店に行って事情を話した。

「それは大変ですね。商品は今から頼めば明日の午前中に到着するのですが。ちょっと予定を聞いてみます」

美人の奥さんが店長であるご主人に電話で連絡を取ってくれて、翌日の予約の用件が終わった夕方に配送、設置してくれるという。もちろん即金でお支払いした。本当にありがたかった。

幸い天気がよかったので、脱水が不完全でも人力で絞ったタオルやシーツは乾いてくれた。しかし脱水機を使ったよりもごわごわで、タオルなどは子供の頃に使っていたものと同じ感触だったので、懐かしくはあったのだが、これからずっと手で絞るのは無理なのは明白だった。

翌日、約束の時間ぴったりに洗濯機は設置された。

「洗濯機の耐久年数ってどのくらいですか」

とたずねたら、

「製造年から七年ですね。ここに書いてありますけど」

と店長が新しい洗濯機を指さした。そこには「製造年　2019年」「設計上の標準使用期間　7年」と表示してあった。壊れた洗濯機の製造年は二〇一二年なのは記憶していたので、ぴったり七年で壊れたのにはびっくりした。しかし洗濯物が多く、一日に何度も洗濯をする家では五年ほどで不具合が起こるという。私は何のお知らせもなく壊れたと怒っていたが、洗濯機側からしたら、

「突然じゃないです。標準的に壊れただけですけど」

といいたくなっただろう。向こうからは何のお知らせもなかったが、使う側が、

「そろそろ買い替えたほうがいいかも」

と考えたほうがよかったのだ。他の家電はどうなのかと聞いたら、冷蔵庫は平均的な使い

方で十年だそうである。はああと話をうかがい、近所の噂話もして店長は、

「これから町内の祭りの準備なんですよ」

といって帰っていった。

冷蔵庫も彼の店で買ったもので、製造年を確認したら「2004年」とあった。すでに標準使用期間を四年も過ぎている。何年か前の猛暑続きの日に、連日、ものすごい音をたてていて、壊れたかと思っていたら、そのうちそんな音もしなくなった。今年の夏も静かなもので、性能に特に問題はない。しかし来年の夏に壊れたら困るので、早めに買い替えたほうがいいのかもしれない。

新しい洗濯機は機能をひとつ減らしただけで、使い方がシンプルでわかりやすい。最近は多機能のものが増えているけれど、そのうち使うのは限られているので、これで十分と納得した。部屋干しのために、一時間と三時間の風乾燥機能がついているのがありがたい。家電ひとつでも新しくなると気分が変わる。天気のいい日に洗濯物を干し、午後に取り込もうとベランダに出たら、青空にうろこ雲が広がっていた。あの猛暑のときの、分厚い雲が嘘のようだ。季節の変わり目が曖昧になり、辛い季節の割合のほうが多くなっているけれど、四季の変化はまだあるのだなとちょっとうれしくなった。

隣町に食材の買い出しに出かけたら、駅前から少し離れた路地が、ものすごい混雑になっていた。そのほとんどが制服姿の女子高校生で、男子大学生のグループや男女混合グループなども一列に並んでいて、そこにたむろしているのは若者のみだ。また少し離れた場所にも順番待ちの長蛇の列があり、制服を着た店員さんらしき人が、

「最後尾はこちらです」

と叫んでいた。いったい何が起きたのだろうと、人がやっとすれ違うだけのスペースしかない狭くなった道を歩いていったら、もと携帯電話ショップだったところが、タピオカ店になっていた。そこに若者が殺到していたのである。開店記念で50％オフと表示があり、それを狙ってより混雑していたようだ。

今年の五月頃、新宿に行ったときに長蛇の列があったので、いったい何なのだろうと歩きながら見ていたら、そこはタピオカ店で、

「こんなに人気があるのか」

と驚いた。外国人観光客も大勢並んでいた。タピオカがそんなに集客できるものだったというのが意外だった。私が知っているタピオカは、中華料理のデザートに出てくる、半透明

の小粒のものだったので、あんなに大きな黒い粒を、

「タピオカです」といわれても、

「えっ？　あれが？」

としかいえなかった。友人の娘さんに聞いたら、タピオカ自体が黒砂糖で甘く味付けされているので黒く、それが浸かっているミルクティーも甘いのだそうだ。私は甘い物は嫌いではないが、甘ければいいというわけではない。昔から過剰な甘さは苦手だった。流行のタピオカミルクティーを飲んだことがないので何ともいえないが、

「若者の血糖値は大丈夫なのか」

と心配になってきた。しかしどこでもはやっているわけではなく、その友人の娘さん一家が住む町の駅前にできた店は、当初はずらっと行列ができていたが、あっという間に客の姿が見えなくなり、あっという間に潰れたという。

「きっとおいしくなかったんですね」

そう彼女はいっていた。逆に若者を遠ざける、おいしくないタピオカとはどんなものか知りたくなった。隣町のタピオカ店がいつまで続くか楽しみになってきた。

台風十五号の影響であちらこちらに被害が出た。私も夜中にネコに起こされて目が覚めると、今までにない猛烈な風雨だった。ネコがふにゃふにゃいいながら、ベッドの上でころりと横になるので、

「はい、わかりました」

と撫でてやっているうちにまた寝てしまった。そして朝起きたら、都内でも一部の地域、そして千葉は大規模停電で大事になっていた。私は生まれも育ちも東京で、台風によるひどい被害は経験していない。一度、父が日曜大工で庭に建てた、私の勉強部屋になっていた二畳くらいの小屋の屋根が潰れ、倒壊したくらいだった。これは個人的な被害だが、外に出るとせいぜいドブがあふれて、幼児の靴の片方とか、どこからか飛んできた庭箒や細い木の枝などが、道路に転がっている程度だった。車もほとんど通らなかったので、それらを蹴ったりしながら、学校に通った。停電もあったとは思うが、何時間かですぐに復旧したような気がする。

今回も大規模ではあったが、停電になったとしても、東京の隣の県でもあるし、この便利な世の中なので、すぐに復旧するだろうと思っていたら、停電、断水と最悪の状態になった地域が多くあり、全地域の停電が復旧するまでおおむね二週間などといっているのを聞いた

ら、

「ええっ、何で？」

といいたくなった。予想外の倒木などが原因だそうである。関東は東日本大震災があったのだから、様々な自然災害を頭に入れて、危険な場所がないかチェックするなど、していなかったのだろうか。ぼーっと、

「あのときは大変だったね」

だけで終わってしまったのか。担当者はやりたかったけれど、予算がもらえなかったという可能性もある。

復旧に尽力している作業員の方々は、夜も休みなく働いている。なのにテレビで見ていると、役所の上のほうの人たちや政治家に緊急性がないというか、緊張感がないというか、どこか他人事みたいな雰囲気があるのに腹が立った。私には情報がないのでわからないが、被害を受けた直後に、千葉県選出の議員たちが、彼らがかけつけたとして何の役にも立たないかもしれないけれど、地域の人たちの話を聞くことくらいはできたのではないか。それをやっている人がいたという話は、私が見聞きしたなかではなかった。

そして「便利」は問題なく日々が送れるから便利なのであって、停電になっただけで、携

帯、スマホが使えなくなり、テレビ、ラジオも聞けなくなり、それまで必要以上にあふれていた情報がゼロになってしまった。ゼロならばまだしも、生活に必要な情報すら入ってこないので、マイナスといっていいだろう。ニュースを見ていたら、断水している地域で水を配給してもらった高齢の女性は、配給する場所を知らなかったのだけど、近所の方が教えてくれたといっていた。昔ながらの電池式ラジオからの情報入手か、口コミというアナログな方法しか、大げさにいえば生きていける手段がない。またその場所まで行ける人はいいが、体調などでそこまで行けない人たちもいて、なかには近所の人々が、代わる代わる食べ物や飲み物を持ってきてくれて、ありがたかったという人もいた。

災害の後は寄付や義援金をつのると、まとまった額が集まる。我々が税金を支払った上に善意を寄せるわけである。なのに政府は今回、消費税対策のゆるキャラを含めた宣伝費に七十億円も使うそうだ。どうせ災害が起きても、国民同士で助け合って何とかするだろうから、こっちは関係ないという気持ちでいるのだろう。もしも前から決まっていたとしても、いちばん困っているところに使うのが順番ではないのか。ゆるキャラや宣伝費なんて、優先してお金を使うべき問題なのだろうか。災害復興でも保育所増設でも、もっと有意義に使える方法はいくらでもあるのに、それをしないのは不思議でならない。いったいどういうことなのか。偏差値の高い大学を出て官僚、政治家になった人たちの脳内の構造は本当に理解できない。最近は何か起こるたびにそんなことばかり考えている。

三十年後の巡り合い

ラグビーワールドカップが日本で開催されているおかげで、にわかラグビーファンが増えているらしい。私も、

「ラグビーって、こんなに面白かったかなあ」

と思いながらテレビを見ている一人である。前回大会の世紀の番狂わせといわれた、対南アフリカ戦はビデオ録画していたので、後で見たが、観客が大興奮で涙を流して大喜びしている様子に、

「すごいことなんだなあ」

とはじめてわかった。そのとき五郎丸選手をはじめて知ったけれど、ラグビーに興味を持ったというほどでもなかった。しかし今回は準決勝までのほとんどの試合を見ている。日本チームも念願のベスト8まで進んで、本当によかったと思う。予選が全勝というのもすごい。学生時代にテレビでラグビーを見た経験はある。成人の日に合わせて放送されていたよう

な記憶があるが、スタジアムの観客席には晴れ着姿の女性を多く見かけた。ラグビーをやっていた男性たちに聞くと、

「ラグビーファンの女性はみんな美人」

と自慢する人が多かった。たしかに私立のお嬢様学校に通っているような雰囲気の人が多かったけれど、

「なぜにスポーツ観戦に晴れ着？」

と不思議だったし、試合も面白いとは思えなかった。

今から三十数年ほど前、仕事で大学ラグビーの取材をした。大学ラグビーは対抗戦とリーグ戦に分かれていて、その対抗戦グループに所属する大学の寮に行ったのである。そう書いてはいるが、当時の担当編集者が学生時代にラグビーをやっていて、教えられた通りに書いているだけで、対抗戦とリーグ戦があることすら知らなかった。知っていたのはあのボールというには不安定な形状のものを、前に投げてはいけないという、変わったルールだけだった。

その取材のときも、後日、対抗戦を観戦したが、学生時代にテレビで見たのと同じように、終始、グラウンドのあちらこちらで、もごもごと固まって動いているだけだった。テレビド

ラマや映画のように、敵を振り切ってトライが何度も繰り返されるというような展開は一切なく、とっても退屈だった。ただ選手がグラウンドに倒れると、大きな薬缶《やかん》を持った救護係が走ってきて、それを顔にかけて復活させる「命の水」が見られたし、ウエアのパンツが破れると、メンバーが丸く輪になって着替えるのを隠すというのも見られて、それで満足した。

そして寮はといえば、部員が多くほとんどは試合に出られない学生ばかりだった。畳敷きの広い部屋には布団を敷きっぱなしで、練習の後の食事が終わると彼らは、ただごろごろとそこに寝ていた。相撲の新弟子のようだった。針金ハンガーで作られた、妙なオブジェみたいなものがいくつも転がっていたので、

「これは何ですか」

と聞いたら、

「寝ながらテレビのチャンネルが変えられる器具です。こっちは寝ながら電気を消せるように工夫しました」

という。とにかくラグビー以外は、面倒くさいと何でも寝て済まそうとする、性格はとてもいい彼らに、

「きみたち若いのに、グラウンドの外でも動かなくていいのか？」

といいたくなったのだった。

しかし今回のワールドカップは、試合がすべて面白かった。これは学生と世界の頂点にいる選手の違いかしらと思っていたが、小耳にはさんだ話によると、ラグビーはよくルールが変わるらしい。そのせいかどうかはわからないが、とにかく見ていて楽しかったし、あっという間に時間が経つ。私はいまだにラグビーに対しての知識はまったくないのだが、選手は体の大きな人ばかりかと思っていたら、意外に小柄な人も多かった。そして見ているうちに、

「どこのチームも9番の人が、スクラムから出たボールを受け取っているのだな」

と気がついた。助産師さんみたいに股の間から出てきたものを、ほいっと受け取って他の人に渡すのが彼らの役目のようだった。

またサッカーは試合を見ていると、選手の年齢がだいたい同じくらいなのだが、ラグビー選手はちょっと見ただけでは、年齢も国籍もわからない。規定の年数、日本に住んでいれば、選手として出場できるらしいが、ドレッドヘアがいたり、外国人がいたり、喫茶店への入店を断られたというほどの怖い顔の人がいたり、そういうところも面白かった。ただイングランド、ウェールズ、アイルランド、スコットランドが出ているのを、ひとつとまではいわないが、二つくらいにまとめてもらえないものかとは、ちょっと思った。

観客を見ていると、昔からのラグビーファンである中高年の方々が多く、たしかに女性は年を重ねていても美人が多かった。テレビでの映りのいい人しか映さなかったともいえるが。敵味方が二分せずに一緒の場所で観戦し、試合中は贔屓《ひいき》のチームを応援するが、試合が終わればお互いの健闘を称《たた》えるという姿も、良識ある大人のスポーツだった。相手チームに対して差別めいた言葉を発したり、馬鹿にしたり煽《あお》ったり、そういう内容のツイートをしたり、スタジアムに火をつけたりして大暴れする人たちもいないので、不愉快な気持ちにならないのがとてもいい。この歳になってラグビーが面白いものだとわかったのは収穫だった。

洗面台のシンクの排水口にはめる、小さなステンレス製のゴミ受けの網を買いに、隣町の百均に行った。備品としてプラスチック製のゴミ受けがついているのだが、どうも頼りない。この部屋から引っ越すときには戻しておくが、それまでは自分が使いやすいものをつけておこうと思ったのである。百均の棚が高くて通路の反対側にいる人たちは見えない。あちらこちらを探している間も、店内のＢＧＭではヒット曲らしい邦楽が次々にかかっている。アイドルの女の子たちのグループが歌っている曲を聞いては、

（これはＡＫＢか、欅坂か、それとも他のグループか）

と首を傾げたり、

（この曲は知ってる。これは知らない）

などと心の中でぶつぶついっていたのだが、やっと棚のいちばん下に陳列してあった、目当ての品を見つけてカゴに入れると、「Ｌｅｍｏｎ」がかかった。

（ああ、米津玄師《よねづけんし》は知ってる）

と思っていたら、サビの部分になったとたん、突然、店内が大合唱になったのでびっくりしてしまった。思わず、

「わっ」

と声をあげて、きょろきょろと見回してしまったのだが、高い棚に隠れて見えなかったそこここにいる若者たちが、一斉に歌いはじめたのだった。こんなこともあるのかと驚きつつ家に帰った。先月オープンしたタピオカ店は閑古鳥が鳴いていた。


とてつもない台風が来るので、ベランダに置いてあるものが飛ばされないように、室内に入れろとテレビでうるさくいっている。この間も来たばかりなのに、またである。被害を受けた地域の方々は、大丈夫なのかと心配になる。ベランダで植物をたくさん育てているわけ

ではないので、台風が来てもほったらかしだったのだが、さすがに何度もいわれると気になってきて、いつもは立ててある物干しスタンドを横に置き、唯一、ベランダに置いてある蚊連草の鉢植えを室内に入れた。相変わらず生命力が強く、ほったらかしでも倍以上に成長してくれた。さらにその葉や枝を切って土に挿すと、またそこから成長するという素晴らしさである。しかし園芸嫌いの私のもとで、増殖されるのもちょっとどうかなとは感じている。

仕事をしながらラジオを聴いていたら、その番組に芸能人ではない若い女性がゲストとして出演していた。MCの男性が彼女の姿を表現するのに、

「緑の黒髪で……」

といいはじめたら、アシスタントの女性アナウンサーが、

「緑なんて、そんな」

と笑いながら口を挟んできた。するとMCが冷静な声で、

「あなた、この前、ちゃんと説明したでしょう。緑という言葉には……」

とたしなめたのだった。

緑の黒髪を知らないのが、若いアナウンサーだったら百歩譲ってまだ理解できる。彼女は

四十七歳で成人した子供もいるのだ。ベテランであり、ましてや言葉を使う職業なのに知らないのが、ただただびっくりした。おまけにはじめて聞いたわけではなく、以前にも彼に教えてもらっていたらしい。なのに同じ間違いを繰り返すなんて、相当どうかしている。仕事に対しての適当さが感じられてとても不愉快だった。生放送に遅刻したり、言葉遣いがひどかったり、前から、この人いったい何なのだろうかと思っていたが、周囲の人たちに甘やかされながらここまで来たのに違いない。MCの男性は七十五歳、彼女は娘のような年齢である。「緑の黒髪」のような言葉に関する無知に対しては、見過ごせずに注意したのだろうが、彼にも甘えている。それか鈍感で周囲の人々の厳しい目にも気がつかないタイプなのかもしれない。

私の周囲にもトンチンカンな人がいて、私に確認もとらず、自分勝手な判断をし続けたために、私もイラストレーターも手間が何倍にもなるので、そういう仕事の仕方はやめてくれといったことがある。また彼女が仕事の依頼の電話で私の知人に不愉快な思いをさせたので、知人に詫びて欲しいとメールをすると、とても丁寧なメールと手紙が私のところには来た。しかし迷惑をかけた知人には、その後、一切、謝罪のメールも手紙も届いていない。今後接する機会がない相手に対しては無視するところが、不誠実でとてもいやな感じだった。

仕事に対する態度が、私の感覚からはかけ離れているので、彼女の上司に、

「こんなに彼女とトラブルが起こるのは私だけですか。それだったら私にも落ち度があるかもしれないと思うのですが、他の方はどうなのでしょうか」

とたずねてみたら、

「女性の作家の方とのトラブルは、正直いってこれまでもありました」

と教えてくれた。しかし男性の作家とは皆無だという。男性は仕事相手の女性とトラブルがあったとしても、結果的に本がきちんと出ればそれでいいと考えているのかもしれない。トラブルが起こるたびにごちゃごちゃいうと、男として了見が狭いような気持ちになって遠慮してしまうのか、この人には何をいっても無理と諦めてしまうのかはわからないが。

そんなことを「緑の黒髪」のやりとりを聴いた後、ふと思い出した。ラジオは映像がないせいか、出演している人たちの本質がよりわかる。ラジオを聴いていやになった人は、本当に嫌いになり、再び好きになれない。この女性アナウンサーも他の分野での能力はあるのだろうから、素で喋らずに済む、原稿があるナレーションとか、ニュースとかそういった仕事専門にしていただきたい。

ここ数か月の間、若い頃に聴いていた、いくつかのハードロックバンドの現在の演奏を、ＹｏｕＴｕｂｅで見ていた。そのなかで特に、こんなにすごかったっけと驚いたのが、「人間椅子」だった。三十年ほど前、彼らが「三宅裕司のいかすバンド天国」に出演したときのことを覚えている。ベーシストがねずみ男の扮装で演奏していたのだが、おちゃらけではなく演奏はとても素晴らしかった。そして本好きとしては、バンド名が「人間椅子」だし、曲名が「陰獣」「人間失格」「桜の森の満開の下」「悪魔の手毬唄」「夜叉ヶ池」「羅生門」「天体嗜好症」「少女地獄」となったら、

「おおっ」

となるしかなかった。しかし私はずっと継続して聴いていたわけではなく、いつの間にか、ＣＤ自体を聴かなくなっていった。

当時から三十年経って、彼らの音はよりスピード感と重厚感が増し、とにかくかっこいいとしかいいようがなかった。リードギターの和嶋氏が羽織袴、ベースの鈴木氏が坊主頭に顔面白塗りで僧侶の法衣を着て演奏するのも、着物好きとしては惹かれる。早速、和嶋氏の自伝『屈折くん』を読んで、彼が特にラヴクラフトを愛する読書家であり、駒澤大学の仏教学科に在籍していたからか、周囲の人に対してはもちろん、アパートにいる家ネズミにさえも

愛のある人なのも知った。鈴木氏は巨体で入道っぽいのだが、上智大学の外国語学部ロシア語学科にいたというのも、アンバランスで面白い。ドラムのナカジマ氏は、デビュー三十周年記念で発売された完全読本『椅子の中から』の年表を見ると、幼いときにうちの近所に住んでいたようだ。ＹｏｕＴｕｂｅの画像つきコメントで、韓国の若い男性が、日本語で人間椅子を絶賛しつつ、

「他の人は着物なのに、この人は大阪のおじさんが着るようなシャツを着てる」

といっていたので笑ってしまった。

人間椅子にはまってしまったので、手に入るＣＤ、ＤＶＤ等はみな購入した（おまけで手ぬぐいがついているものは、もちろんそれを買った）。十二月に発売される三十周年記念ベスト盤も、手ぬぐいつきをぜひ買わなくてはならない。海外ツアーもあるそうだ。いろいろと情報を知りたいのだが、スマホを持っていないとアクセスできないものもあり、がっかりしている。スマホ……、困った。今月は若い頃の体験がまた三十年後に、新たに巡ってきたような日々だった。

待ちに待った『ケチじょうず』

残り少ないカレンダーを眺めつつ、私も前期高齢者になったのだなあとしみじみしていたら、介護保険のお知らせが届いた。いったいこれは何だと封を開けてみたら、国民年金を受給するようになったら、こちらが支払わなくてはならないシステムになっているという。

「何だ、これは」

とむっとしたのだが、そういえば年上の友だちが、

「年金をもらうようになると、待ってましたとばかりにすぐに来る」

といっていたのを思い出した。

「これか」

と口座振替の案内を見ながら、口座振替をすると、お金がぶんどられる気がするので、自分で支払いに行くようにしようと、書類は返送しなかった。だいたい、まだ年金が振り込まれていないのに、振替用紙を送ってくるのも腹立たしい。

介護保険料の金額は年収をもとに計算されるようで、いったいどれくらい支払うのかはわからないが、私がもらえる国民年金の金額は、毎月五万円程度である。私は働いているからいいが、収入がない高齢者の人たちは大変なのではないか。たしかに介護保険があるおかげで、助かっている人々も多いのかもしれないが、消費税は上がったし、必要ではないことに国費を使うし、納税の義務はあるけれど、いったい何歳まで国にお金を支払わなくてはならないのだろうか。

まだ元気で働いているときに、多めの税金を取って置いて、それらを教育費や医療費にあてて、ある程度の年齢になったら国民の負担はなしという、北欧システムになぜしなかったのだろう。たしかにシニア割引もあるけれど、次々に支払う税金が増やされるので、いくつになっても、安心して暮らせない。以前、ラジオで社会学者が、

「国家が国民に対して何かしてくれると期待するのは大間違い」

といっていた。隣の芝生は青く見えるで、うらやましがられている国の人たちであっても、何かしら問題を抱えているのかもしれない。しかし高齢者になっても、安心して住めない国はやはり問題だ。

長い間、待ちに待った、小笠原洋子さんの『ケチじょうず　美的倹約暮らし』の第二弾、『おひとりさまのケチじょうず　シンプルに美しく暮らす』（ビジネス社）が出版された。二〇〇三年に出版された前著は、私のひとり暮らしのバイブルで、あまりに読み過ぎて本がぼろぼろになり、買い直したほどである。エッセイの中で何回かご紹介したところ、ありがたいことに著者と、年に何回かメールや手紙をやりとりするご縁をいただいた。そのたびに『ケチじょうず』の第二弾を……と一読者として、遠慮がちにお願いしていたのだが、それが実現して誠に喜ばしい。

一作目からここまで、十六年の年月が経ち、著者も私も歳を重ねている。還暦を過ぎたひとり暮らしは、今までのひとり暮らしとは違ってくる。自分の老いとどうやって付き合っていくかが大きな問題になるのだ。著者の現在の住まいは、郊外に建つ賃貸の高齢者用団地で、二つの駅のちょうど中間あたりにあり、どの駅からもバスで停留所七つ分の距離がある。しかしそのおかげで緑が多く、また管理が行き届いていてとても暮らしやすいという。

これまで住んでいた家についても書いておられるが、一度、団地を購入したものの、自分の持ち物なのに固定資産税を支払わなくてはならないことに納得できず、それを売却して賃貸生活に戻った。

私は弟との間に、実家の所有権についてトラブルが発生し、間に入ってくれた不動産業者に対して、弟がお金がないといい張るものだから、私の所有権は私がローンで支払った金額の七分の一以下の金額のみを受け取って、すべて弟のものになった。もともと不動産を所有することには興味がなかったし、これで面倒くさい性格の弟とも縁が切れればいいと考えたが、老後の計画を変更しなくてはいけなくなったのは事実なのだ。

なぜ『ケチじょうず』シリーズが好きなのかと考えてみると、著者の気持ちにまったく揺らぎがないからである。人生の師として本当に見習いたい。私も物を増やさないために、洋服は一枚買ったら二枚処分するとか、自分なりに決めていることはあるけれど、ちょっとのことで揺らいでしまう。たとえば一枚、服を買ったとして、自分が決めたルールでは、二枚処分しなくてはいけないのに、「この間も着たからいいか」とか「値段が高かった」とか理由をつけて処分しなかったりする。するとじわりじわりと量が増えていくのである。現状は六枚過剰で、それを処分できずに、

「何とかここに入らないか」

とクローゼットの中に無理やり押し込んで、他の服を皺だらけにしたりしているのだ。

本文のタイトルに、

「捨てるべきは『所有する喜び』」

と書いてあるのを読むと、

「ぎゃっ」

と叫びたくなる。著者の信条は一冊目から二冊目の現在までまったく揺らぎがなく、処分、再利用、持ち込まずで、きちんと生活がまわっている。私もそうしたいのはやまやまだが、これが崩れたとたん、どっと物は増えていく。同居している超高齢ネコは、おかげさまでまだまだ元気なのだが、彼女を看取ったら引っ越しを考えている私は、大きな物は買わない。しかしそれほど置く場所を取らない小物を、ちょこちょこと買ってしまった。

私は郷土玩具、特に素朴な人形が好きなので、あの単純なぼーっとした顔を見ると、つい手が出てしまう。価格もそれほど高くないので、ふと気がつくとこれまで何ものっていなかった、便せんや封筒が入っている引き出し式キャビネットの上から、かわいいスズメや、タコに巻きつかれたネコや、ぼーっとした男児、小さな鬼などが、無垢な目でこちらを見ている状況になってしまった。これらは実際には呼吸はしていないが、私にとっては動物、鳥、昆虫、爬虫類、魚類、何であっても、顔のある置物は生き物と同じ扱いなので、ＣＭの、

「飼えない数を飼ってはいけない〜ニャン」

というさだまさしの声が聞こえてきて、

「あああ〜」

とうめきたくなる。家に連れてきてごめんなさいと謝りたくなる。もちろん処分などできないので、これから一生のお付き合いとなる。これを自分に許していると、際限がなくなってくるので、自粛している。

こんなとき、『ケチじょうず』シリーズを手にしては、

「あんたはいかんだろう」

とゆるゆるになった自分自身を叱るのである。ゆるいのはいいけれど、ゆるゆるはだめだ。著者の住んでいる部屋もイラストで紹介されているが、所有物が少ないうえに3ＬＤＫの広さがあるので、使いきれていないと書いてある。広くなればなったで、物を買って増やしたくもなるが、そうはなさらない。私も含め、多くの人がやってしまう、間に合わせで物を買わないから、きちんとした生活が維持できるのだろう。

また生活のそこここに手作りが感じられて、物を買わなくても無味乾燥な日々ではない。だいたい物を買うことが生活を潤わせるという考え方とは違うのだ。店で物を買って包装を断ったとき、支払った証明として店側が商品にテープを貼ってくれるけれど、それも目立た

ないところに待機スペースを作ってそこに貼り再利用する。たとえばゴミを捨てるときに、ビニール袋などの口を結ぶとかさばる。著者はゴミが入った袋をぎゅっとまとめて、袋の口をそのテープで留めておく。ゴミの包みを作るのである。

そんな再利用のアイディアや、生ゴミを出さない生活のおかげで、生ゴミは二週間に一度、五リットルのゴミ袋一杯分しか出ないのだそうだ。

一方私の場合は、週に二回の可燃ゴミの収集日、一回の資源ゴミの収集日があり、資源ゴミのほとんどはネコの御飯の空き缶で、これは仕方がないのだが、毎回、可燃ゴミの日には、結構な量のゴミを捨てているのに、なぜ部屋の中に物が多いのか、自分でも理由がわからない。何年か前に、友だちと不要品を三トン分処分したのが嘘のようだ。彼女に確認したら、

「あれは夢だったのかしら」

と私と同じ感覚で、あれだけ捨てたのに、どうしてこんなに物が多いのかと不思議でならないという。

一人分、一・五トンも捨てて、それでもまだ物があるというのは、まさに、

「捨てるべきは『所有する喜び』」

なのだ。

著者は一日一〇〇〇円生活を実践なさっていて、レシートも公開されているのだが、ある日の買い物は「乳液　五六四円」のみ。高価な化粧品は卒業すると書いておられ、髪の毛は格安のカットショップを利用する。私はそれでもいいなと思うようになった。ヘアカラーもしていないし、今までショートだったけれども、これから少し伸ばして、おかっぱにはしないけれど、ボブスタイルに戻せば、長さを切り揃えてもらう程度で大丈夫だから、そういった店で十分だろう。

実は友だちから、外国の化粧品のサンプル品をもらった。サンプルといっても弁当についている醤油入れみたいな小ささではなく、六十ミリリットルの結構な大きさのものだ。敏感肌でも大丈夫だからといわれて使ってみたら、これがものすごく具合がよく、寝る前に塗ったのと塗らないのとでは、肌の状態がずいぶん違うのである。しかし現品の値段を調べてみたら、サンプルの倍のサイズで一本、二万五千円以上する。

一瞬、心が動いたが、この金額を稼ぐためには、何枚原稿を書かなければならないかを考えて、購入はやめにして、ちびちびとサンプルを使っている。予想外の介護保険とやらの通知も来たし、このようなものは使えないので、保湿に関しては別の方法を考えようと思う。高価な化粧品を使うのは、精神的な効果が影響しているかもしれない。もちろん使いたい人は使えばいいけれど、私の感覚では乳液には使えない。どうせ同じ金額を使うのならば、帯揚げや帯締めを買うという考えも、当然、あらためなくてはならない。

著者はケチとエコロジーを合わせて、自分の暮らしは「ケチカロジー」とおっしゃっているが、「医者のいらない身体をつくる」という章もあり、いちばん重要なポイントはきっちりと押さえている。昔は日本人の多くは、たまに贅沢はするけれど、日々無駄なお金は出さず、無理をしないで養生するといった生活をしていたのではないだろうか。私はすぐにゆるゆるしがちなので、新刊のこの本を何度も読み返して、これからの生活について、きっちりと考えていきたいと思っている。

二〇二〇年の一月、Ｗｉｎｄｏｗｓ７のサポートが終わる。以前にも、あれこれ設定しようとして、口唇ヘルペスまで発症したあげく、結局は挫折した私ではあるが、あわててバージョンアップをしなくてもいいという話を聞いた。うちにある、困ったときに開くＷｉｎｄｏｗｓのガイド本を見てみたら、インターネットエクスプローラーが脆弱なので、グーグルクロームを使うのを推奨していると、小さく書いてあった。

画像や動画が見られなかったり、速度が遅かったりするのはうちのパソコンの老朽化のせいと考えていたのだが、それを読んで、グーグルクロームに替えてみたら、もうびっくりするくらい、素早くパソコンが動いてくれるようになった。毎回、起動して診断復旧ツールを使わないと接続できないのには変わりがないのだが、そのスピードはとても速くなった。グーグルクロームに替えたので、そのためにこのツールがあるのではないといいたいらしく、「エラー」が出るのだが、無視して次へをクリックすると、ちゃんと接続できている。

今までは画像の右上の隅に×が出たり、動画には「このブラウザでは視聴できません」と但し書きが出たりしていたのに、すべてちゃんと見られる。そのうえ前よりも画像がきれいなのだ。本当によく働いてくれて、まるで新品のパソコンに買い替えたかのようだった。

「これで十分、いけるじゃないか」

うちのパソコンはウイルス等に対するセキュリティはきっちりやっているので、本体さえスムーズに動いてくれれば問題はない。たしかサポートが終わっても、役所などでは長い間、ＷｉｎｄｏｗｓＸＰを使っていたと記憶している。私はそのときはサポートが終わるという話にびびって、パソコンを買い替えたのだが、そんなにいわれた通りに買い替える必要ってあるのかしらと疑っている。

パソコンに関してはまったく詳しくないし、もしかしたらこのまま使っているうちに、来年になって不具合が起きるかもしれないが、そのときは考えているアナログな方法で一回分は乗り切る。まったくパソコンが使えなくなったら、編集者には手間をかけるけれども、手書きで原稿を書いてそれを送ることもできる。そして次の締切までの間に態勢を整えればいい。最近、世の中で大勢の人が口を揃えてああだこうだといっていることに、のってしまってはたしていいのかと疑う癖がついてしまった。これがよいのか悪いのか、今のところはわからないが。

そしてやっと迷っていた、ダウンのロングコートとパンツを一本、処分できた。あと四枚、勢いをつけて手放したい。

年金ふざけるんじゃない

先月、介護保険のお知らせが来たと書いたが、今月になって介護保険料の請求書も届いた。相変わらず六十五歳からもらえるはずの国民年金はまだ払われていないのにである。そして今度は年金請求書なるものが届いた。私は以前から六十五歳から国民年金を支払ってもらえるようにと書類を提出し、日本年金機構から六十五歳からの支給額の通知も受けていた。当然それだけで済んだと考えていたのに請求書を出せという。そしてその中の四つ折りになった紙を見て、

「何だ、これは」

と腹が立ってきた。

「大切なお知らせ」と黄色の丸のなかに青文字で書いてあり、

「受給開始を繰り下げると年金は増額できます。70歳で最大42％ＵＰ」

とキャッチコピーがあり、

「年金の受給開始時期は60歳から70歳まで自由に選択できますが、受給開始を遅らせるほど、受けとれる年金額は増えていきます」

の「受給開始を」から「増えて」までアンダーラインが引いてある。それだけでなく、ご丁寧に大きなグラフまで描いてあり、支給を一年遅らせると8・4％、二年で16・8％、三年で25・2％、四年で33・6％、五年で42・0％UPと書いてある。そして六十五歳の人の平均余命まで書いてあった。

それを見た私は、

「こいつら、年金を払う気がないな」

とうなずいた。少しでも遅らせれば支給金額が多くなりますよといっておきながら、絶対に私たちが、その間に死ぬのを待っているのに違いないのである。若い頃にはそんなことなどまったく考えなかったが、前期高齢者ともなると、疑り深くなるのだ。

「ふざけるんじゃないよ、まったく」

収入がある人は、受給を遅らせる選択も可能ですと書いてあるのは無視。ぷりぷり怒りながら、当然、六十五歳から支給に丸をつけて返送した。あなたの将来のために年金を払えといいながら、いざ支払う段になると出し渋る。おまけに信用できない会社がよく広告でやっ

ているような、

「70歳で最大42％ＵＰ」

という手法のコピーの下品さ。呆れるばかりである。

また私は花粉症ではないのだが、これまで湿布薬や花粉症の薬を病院でもらっても、保険適用になっていたのに、自己負担にする案があるというニュースも見た。花粉症の人は多いのに、それが施行されたら本当に気の毒だ。これから先、私のような前期高齢者、若者の人口が減少するのに対し、後期高齢者の人口は増えるばかりらしい。その保険の財源確保のための案らしいのだが、みんな保険料を払っているんだから、それで何とかできなかったのか。たしかにアメリカなどに比べて、日本の保険制度は整っているかもしれないが、それがずっと続くのならともかく、お金が足りなくなって、途中からおたおたと変更するなんてどうかしてる。出生率や死亡率などの人口変動の資料なんてすぐにわかるだろうし、担当省庁が基本的に先を見る目がなく、うまいお金の繰り回し方ができなかったからだろう。国としては表立っては長生きを推奨しながら、実際には長生きされるとちょっと困るという矛盾。ますますこの国はいやな感じになってきた。

なるべくプラスチックフリーの生活をするため、ビーズワックス（ミツロウ）のラップを作ろうとしたのは猛暑の最中だった。アイロンを使うので、あまりの暑さにめげて涼しくなってからやってみようと思いつつ、涼しいというよりも寒くなってから、やっと作った。四角いタイプのものもあるが、うちに必要なのは、器にかぶせる円形タイプだけなので、それを作ってみた。私がいつも参考にしているのは、「プラなし生活」という、生物海洋学者と主婦の方が共同で運営しているブログである。インスタグラムのほうでも同じタイトルで、ブログとは違う情報もたくさん紹介されている。私たちの生活に影響を与える、マイクロプラスチックに関する本も読んだが、このサイトで、私たちの生活がどんなにプラスチックに囲まれ、気がつかないところにたくさん使われているか、そしてマイクロプラスチックの被害を防ぐには、みんなが気をつけないとどうにもならないことを知ったのだった。いちばんよくないのは、手にしてから短時間で捨てられるプラスチックである。冷蔵庫などで使う保存用容器は、何度も洗って使えるけれど、ラップは短時間で捨てられる最たる物だ。ビーズワックスラップは衛生上、肉や魚は包めないので、やむをえずラップも使っているが、何とかできないかとは思っている。

ビーズワックスラップ作りのために、家にあった木綿のはぎれを数枚取り出した。これはずいぶん前に、たまたま通りがかった生地店で売られていたリバティプリントだ。試作用に選んだのは、黄色の地に、『不思議の国のアリス』に登場する人や物が、三センチくらいの大きさで描かれているもので、とても楽しい柄なのだ。

　四角形のものなら簡単なのだけれど、円形に布を切り抜くのが大変そう、というよりまず円形のラインを布の上に引かなければならない。器をカバーできるような、直径十六センチちょっとの皿があったので、それを布に当てて鉛筆でラインを引いた。うちにあるクッキングシートが二十五センチ幅で、それより小さい直径のものでないと具合が悪い。ライン引きはうまくいったけれど、これを円形に切り抜くのが難しく、そろりそろりと丁寧に洋裁鋏《ばさみ》でカットして、四枚の円形を作った。

　以前も取り上げたので一部重複するけれど、アイロン台の上にクッキングシートを置く。その上に円形にカットした木綿布を置き、粒状のビーズワックスを散らす。前出のブログの画像では四角い布で作っていたが、ビーズワックスの量を見ると、びっしりではなく、ほどほどにぱらぱらといった感じだった。しかし私はワックスと布がくっつかないほうがよろしくないかもと考えたのと、一粒のビーズワックスが溶けると、どれくらいの範囲までくっつくのかがわからず、ちょっと多めにしてしまった。

その上にまたクッキングシートをのせ、低温に設定したアイロンをのせると、じわーっとワックスが溶けていく感触がちょっと気持ちがいい。ところが私が想像していたよりもずっと、ワックスが溶けてしみ込む範囲が広く、布の外にじわじわとワックスが溶け出してきた。

「わああ、これはいかん」

あわててアイロンをはずすと、すぐにワックスは固まったので、クッキングシートを越えて、アイロン台まで滲出《しんしゅつ》するという被害には至らなかった。

「だから、少しずつのせていけばよかったんだ」

私としては逆にそのほうが、何度もやり直さなくてはならないので、うまくいかないような気がしていたのだが、そうではなかった。とりあえず被害は出なかったので、布から大幅にはみ出たワックスをすべて取り除き、もういちどクッキングシートをのせてアイロンを当てると、何とか全体的にワックスがしみ渡ってくれた。クッキングシートからはがしても、やや温かくしめっているので、しばらくの間乾かす。このときに持ち方に気をつけないと、まだ温かいワックスが手につくので要注意。私はやらかしてしまった。

いろいろとアクシデントはあったものの、ごわごわもせず頼りなくもなく、意外に簡単でいい仕上がりだったのがうれしい。うちにあったクッキングシートは、二十五センチ幅の普通サイズだったけれど、これだと小型のものしか作れない。シートは大判のものを使ったほうが、ワックスのしみ出しの心配がないので、そちらのほうが便利に使えると思う。乾いたものを器にかぶせてみたら、ちゃんとカバーできる。また器からはずしてみても元に戻る。肉、魚だけではなく、ワックスが溶ける可能性があるので、酸味の強い食材も避けたほうがいいらしい。ラップがわりの器のカバー、パン、果物、チーズなどには直接使える。市販のものだと、だいたい一年から二年くらいの耐久性だそうだ。自作のものがこのまま使い続けてどうなるか、それが問題である。すぐにだめになってしまうかもしれないが、今後の展開を見守りたい。

家で仕事をしていたら、インターホンが鳴り、男性が、

「東京電力のＴＥＰＣＯです。玄関まで出てきてください」

という。東京電力という名前を聞いて、ついオートロックを解錠してしまったのだが、彼のそれはちょっと……といいたくなる口のきき方を思い出して、一瞬、オートロックを解錠したのを後悔してしまった。もしかしたら特殊詐欺かもしれない。インターホンで、

「どういうご用件ですか？」

と聞けばよかったと悔やんだのだが、もう鍵を開けてしまったのだから仕方がない。ドアスコープからのぞいてみると、首からＩＤカードを下げた若い男性が立っていた。スーツを着て手には書類を持っている。

しかし最近はそれでも特殊詐欺の疑いは晴れないので、そーっとドアを開けると、彼はＩＤカードを示して名前を名乗り、名刺も渡してきた。それでも、

（こんなもの、いくらでも同じようなものは作れる）

と疑り続けていた。現在使っている電気とガスについて、一方的にアンケートっぽくあれこれ聞かれた後、

「東京電力で電気とガスをまとめるとお得になる、こういったものはご存じですか？」

といいながら、彼は手にしていたパンフレットを開いた。

「ああ、知っています」

実は友だちから、電気とガスの会社を統一すると安くなり、こちらは何も手続きをしなくてもいいから、やったらどうかといわれたのである。そのとき私は、

「へえ、そうなの」

といっただけで、特に何もしなかった。そのセールスに来たことはわかったが、あまりに

一方的に喋り続け、当然、こちらが契約するものといった態度なのがとても気になった。

「いかがですか？　パンフレットを置いておきますので、検討していただけますか？」

というわけではなく、

「安くなるから、いいですよね、いいに決まってますよね」

という雰囲気に違和感を覚えてしまったのだった。私は、

(何がなんでも契約してこいっていわれてるんだな)

と彼が一方的に話す顔を見ながら考えていた。

「検針票が毎月入っていると思うのですが、今、お持ちですか？」

と聞かれ、家にはあったけれど、

「見たら捨てるので、ありません」

と返事をした。ここでもまだ私は、特殊詐欺の可能性があると疑っていた。すると彼は、

「ああ、そうですか」

とちょっとがっかりしたようだったが、手にしていたタブレットを操作して、

「あ、わかりました。大丈夫です。それとお支払いは……ですね」

と正しい内容を告げたので、そこではじめて、特殊詐欺ではないとわかったのだった。

私が、はあはあといっている間に、サインをする状況になり、私としては一緒になっても別にどうってことはないので、まあ、いいかと契約のサインをした。彼はきちんとクーリングオフの説明もし、

「僕の話した状況が適切だったかどうか、会社からあとで電話があると思います」

という。うちは特殊詐欺予防のために、固定電話はファクスに切り替えているので、会社のお客様係から電話がかかってきても、話せないなあと思いつつ、

「はあ、そうですか」

とこたえておいた。彼のようなタイプはいちばん困る。ものすごーくいやな感じだったら、こちらから電話をかけて、

「感じが悪い！」

と文句をいえる。しかしそれほどでもないが、仕事のやり方がちょっと、と腑に落ちないタイプに対しては、どういったらいいのだろうか。途中、

「今まで僕の話した内容にご質問はありますか？」

と何度も聞かれたが、

（あんたが機械的、一方的に話しているだけなんだから、疑問も質問もないよ）

といいたくなった。

私が感じたのは、悪意のない押し売りだった。こういう人が契約をたくさん取ってくるのに違いない。パンフレットを置いていき検討してもらって、また足を運ぶなんて、今は面倒くさがってしないのだろう。セールストークのマニュアルに従って、喋っているだけなのかも。それにしても、うっかり知っている会社だからといって、オートロックは解錠してはいけないと、深く反省したのだった。私にとってプラスだったのかマイナスだったのかはよくわからない。

ヘルプマークがあってよかった

電車に乗ったときは、運動不足解消のため、三十分以上かかる場合は別だが、席が空いていても立つことにしている。しかし友だちと電車に乗り、ひとつだけ席が空いている場合、私は立っているつもりなので、

「どうぞ」

と友だちに勧めると、

「いえ、あなたこそどうぞ」

という。すると空いている席の隣に座っている若者が、男女の関係なく席を譲ってくれる。今まで100%の確率でそうなのである。そういう場合は、

「ありがとうございます」

と御礼をいって、座らせてもらうのだが、いつも若い人は優しいなあと思う。

先日も商店街で、二人乗りのバイクが道路の左端に止まっていた。後ろに跨《また》がっていたの

は、ヘルメットをかぶっていたのではっきりとはわからなかったのだが、私と同じくらいか、少し年上の女性だったようだ。跨がったはいいが降りる段になったら、シートにはまりこんだようになってしまったのか、足を地につけようとしても体をずらすことができず、

「あっ、ちょっと降りられない、降りられなくなっちゃった」

といいはじめた。運転していた女性は助けようにも、自分が降りたらバイクが倒れてしまうので、ただ後部座席を見ながら、

「大丈夫ですか？　降りられますか？」

と何度も繰り返している。するとそれを見た、私の前を歩いていた若者が小走りで近寄っていき、

「大丈夫ですか？　ちょっと抱えますね」

といいながら、後ろからその女性を抱えあげて体を浮かし、下に降ろしてあげていた。

「ありがとうございました。本当に助かりました」

背後から女性たちが御礼をいっている声を聞きながら、再び、

「若い人は優しいなあ」

と心から思った。

私が若い頃、そんなに年上の人たちに親切にしていなかった気がする。道を聞かれたときにはわかっている範囲でお教えしたが、向かい合っていたものだから、あとから、

「ぎゃっ、曲がる道が逆方向だった」

と気がついて、罪の意識にかられたこともあった。

またその頃、繁華街の歩道を歩いていたら、高齢女性と若い会社員の男性が正面衝突したのを目撃した。高齢女性はひっくり返り、目をぱちぱちさせながら、仰向けに倒れていて、男性のほうはただびっくりしてそこに立ち尽くしていた。そのとき周囲にいた人がわっと集まり、女性を介抱する人や、男性に、

「ちょっとここで待ってて」

と声をかける人たちを見ながら、あれだけの人が集まっているからいいかなと思って、その場を離れた。

携帯電話もまだ普及していない頃だし、私がいちばん近くにいたわけでもないし、救急の技術や知識を持っているわけでもないので、私が一人加わったからといって、状況が変わるわけでもなかっただろうが、

（ああいう場合はどうしたらいいのだろうか。何もできないのにそばにいたら、ただの野次

馬みたいなものだし……）

と考えつつ、自分が冷たい人間のように感じたのも事実なのだった。若い人たちの電車内での振る舞いについては、いろいろいわれているし、私も何度か眉をひそめたくなるような姿を目撃したけれど、多くの若い人は優しいと思っている。

街中を歩いたり、電車に乗ったりしていると、ヘルプマークをつけている人が、想像以上に多いのがわかる。外見ではわからない、体の不調を抱えている人がこんなにいるのかと、あらためて認識した。高齢の方だと何となくこちらも気をつけるけれども、私よりもずっと若い人だと見過ごしてしまう。私が見たのは、見るからに体格がよく、服装もとてもお洒落な男性なのだが、ヘルプマークをつけて優先席に座り、ずっと目をつぶったままだった。彼が街中を歩いていたら、どこに不調を抱えているのか本当にわからない。

そういったマークをつけているおかげで、こちらに知らせてもらえる。もしもヘルプマークがなく、そばにいたのがひがみっぽい年寄りだったら、彼が優先席に座っているのを見て、

「いい若い者が年寄りが立っているのを見ても、席を譲らない」

と怒るだろう。もしかしたらこれまでのそういった事象も、若い人のほうに体調の悪さとか、立っていられない体の辛さがあったかもしれない。体調の悪さは老若男女かかわらずあ

る。昔は若者はだいたい元気だったが、最近は中、高年よりも若者のほうが体調が悪い場合も多い。マタニティマークをつけていると、意地悪をされたりひどいときには蹴られたりと、身の危険を感じたりする妊婦さんたちがいると聞いて、

「世も末だ」

と憤慨したのだが、私としてはヘルプマークがあってよかったと思っている。

私は毎日、ある訃報サイトをチェックしているのだが、そこに坪内祐三というお名前が記載されているのを目にしてびっくりした。昨年、池内紀先生の訃報を知ったのもそのサイトでだった。今から二十数年前の話だが、池内先生とは編集者も交えた男女八人で、一緒に旅行をしていた。一度、関川夏央氏が所有していた長野県の別荘というか、住宅地の一軒家にみんなで泊まらせてもらった。日中、みんなで家の片づけをしていたら、関川氏だけが顔面を蜂に刺された。みんな口では、

「大丈夫？」

と心配しながら、腹の中では、

（なぜ関川さん？　どうして関川さん？　やっぱり関川さん）

と妙に納得し、痛がる関川氏の周囲を、あら大変とばたばたと動き回るだけだった。そのとき池内先生はおっとりと、

「これは毒を吸い出さなくてはいけません」

とおっしゃった。もちろん女性陣は全員、一歩下がった。男性たちも顔を見合わせていて、

「僕がやる」

と名乗り出る人はいなかった。すると先生は、表情ひとつ変えずに、

「私がやってあげましょう」

といい、関川氏の大きな顔を両手で持って、ちゅーっと毒を吸い取ってあげていた。その後、関川氏は車が運転できる女性と一緒に、すぐに近くの診療所に向かった。

私たちは、

「誰もやりたがらなかったのに、先生がいらっしゃらなかったら、今ごろ関川さんの体中に毒がまわっていましたよ。本当にありがとうございました」

と口々に御礼をいった。すると先生は、

「いやいや、そんなことはありませんよ」

とまたおっとりとおっしゃり、間もなく特に問題はないと診断されたものの、顔は腫れた

ままの関川氏が戻ってきて、一同、ほっとしたのだった。翌日、腫れが少しおさまったのにもかかわらず、

「まだ顔が大きく腫れてますね。大丈夫ですか？」

とみんなに突っ込まれて、関川氏は不機嫌になっていた。

いつの旅行のときだったかは忘れたが、車中で先生が、

「医者からね、あなたの血管はとても丈夫だっていわれたんですよ」

とうれしそうにおっしゃっていた。

「それはすばらしい。それがいちばん体にとっては大事なことですからね」

そう私は返事をしたのを覚えている。その旅行をしていたメンバーで集まる予定があって、連絡係をしてくれている女性が先生にお声をかけると、都心まで出かけるのは体が辛いのでとおっしゃっていたようで、ここ何回かは参加なさらなかった。私は年を重ねると、そういうときもあるだろうと、特に気にもとめていなかったのだが、まさかこんなことになるとは想像もしていなかった。「血管が丈夫といわれた」という言葉を私も信じていたからだった。

坪内さんに関しては、お目にかかったことはない。しかし私が本の雑誌社に勤めていたときに、少なからずご縁はあった。ミニコミ誌のコンテストをしたときに、早稲田大学の学生

が作っていた「ＭＩＬＥＳＴＯＮＥ」が送られてきたのだが、その完成度の高さにびっくりしたのを覚えている。のちに坪内さんがそれに関わっていたとうかがって、さもありなんと思っていたのだが、後年、送った号のときは、彼はすでに編集には関わっていなかったと、人づてに聞いた。しかし急にミニコミの完成度が上がるわけはないので、彼のセンスも影響していたはずなのだ。

私が会社をやめて物書き専業になってからは、何度か本を取り上げていただき、とてもありがたかった。週刊誌、月刊誌に書かれているエッセイも毎回楽しみに拝読していた。そして自分があれこれいわれるのはいやだけれど、他人のことをあれこれいうのは大好きだったり、本心は違うのだけど、他人に嫌われたくないから、大衆受けするものを書いたりする人がいるなか、まっとうに文章を書いていた方だった。

訃報は自分よりも年上の方だと、順番で仕方がないのかなと諦めもつくけれど、自分よりも若い人が亡くなるとショックが大きい。坪内さんはあのまま年を取り、博識の頑固じじいとして、ずっと物を書き続けてくれるものだと勝手に考えていた。自分の人生もそうだが、自分以外の人の人生も、私の想像どおりにはいかないものなのだった。お二人のご冥福を心からお祈りしたい。

書き下ろしの原稿などの締切が迫り、三か月間、ばたばたしていたものだから、髪の毛をカットすることができなかった。やっと脱稿して一息ついたので、髪を切ってもらいに出かけた。私はショートカットなので、三か月間伸ばしていても、長さ的には問題はないのだが、伸ばしっぱなしだと、若い頃は何とか格好がついたのに、妙な癖が出るようになってきた。カラーリングをしていないあちらこちらの毛がはねて、いかにも、

「不精してます」

と宣言しているような雰囲気が漂ってくるのだ。

それでももしかしたら自分で何とかできるのではと、前髪は自分でカットして何とかなった。問題は後ろである。首筋の不揃いな部分をまっすぐに切りたいのだが、それがうまくいかない。小型のハサミを手にして、まず合わせ鏡で後ろの長さを確認し、切る長さの部分を指でつまんで、それを目安に指のきわをカットする。それを繰り返していて、二センチほど短くなり、

「結構、いいじゃないか」

と納得したのだが、シャンプーをして乾かしてみたら、ほぼまっすぐだったはずの髪の毛

のラインが、がったがたになっている。おまけに髪を梳《と》かすたびにその状態が変化する。

プロにカットしてもらうと、後日、一部分に長い毛が出てくる場合もあるが、ほとんどきれいに揃っている。しかしド素人の私が、勘でカットすると、ひどい状態になるのがよくわかった。私は髪の毛を短くすると、マンガの『少年アシベ』といわれ、ちょっと伸ばして前髪を横に流して、スタイリングしようとあれこれやっていると、「リーガルハイ」の古美門《こみかど》研介《けんすけ》のようになり、そのまま放置してもっと伸びると起き抜けには藤岡弘、みたいなヘアスタイルになっている。誰にもいわれたことはないが、自分でそう感じるのである。

これはとてもよろしくないので、カットの予約をしたわけなのだ。担当の人にも、

「ずいぶん間が空きましたね」

といわれ、もごもごといいわけをしつつ、正直に自分で前と後ろを切ったと話すと、彼女は、

「ここまで伸びたのだったら、長さを活かしてバランスだけとりましょうか」

といってカットしてくれた。もちろん藤岡弘、は遠ざかってくれて、ショートボブっぽい感じにしてくれた。

(やっぱりプロじゃないとだめだ)

若い人の髪だと、セルフカットでも髪の毛の勢いがあるから何とかなるが、さすがにこの年齢になると髪の毛に根性がなくなるので、プロの手を借りないと無理だった。髪を長く伸ばして、一束にまとめていたり、アップヘアにしたりしている人でも、ただ伸ばしているわけではなく、その間もプロの手を入れて、きれいに整えているのだろう。カットが終わり、

（さすがだなあ）

と感心しつつ美容室を出た。うちにいるときはドライヤーで乾かしっぱなしで、あとは適当にブラシで梳かして終わりなので、久々にきちんとブローしてもらうと、髪の毛にも艶が出ていい感じになって、ちょっとうれしい。ある程度の年齢になったら、ヘアスタイルのセットなどが上手な人を除き、素人が自分であれこれいじるのは禁物。これからは自粛しよう。

人間以外、何でもかわいい

連日、新型コロナウイルスのニュースが報じられている。私は週に一度、十分ほど電車に乗る機会があるが、その他は同じく週に一度、近所のスーパーマーケットに行くくらいで、ほとんど外に出ず、他者との接触はほとんどない。満員電車で通勤、通学しなくてはならない人々は、本当に心配になるだろうし、気が重いことだろう。

クルーズ船に乗船していた方々は、本当にお気の毒だった。楽しい旅をしていたのに、突然、いちばん感染リスクが高い場所に留め置かれてしまった。のちに外部からの差し入れが可能になり（それを国から知らされなかった家族もいたそうだが）、船まで行った娘さんの行動を、夕方のニュースが追っていた。係員に荷物を託し、彼女が岸から船を見ていると、デッキに姿を現したお母さんが、泣きながら手を振っていた。それを見ていたら私まで悲しくなってきた。幸い、後日、お母さんはウイルス反応が陰性で帰宅できたのだけれど、他の人との接触が禁じられているので、娘さんは持ってきたお赤飯と和菓子を袋に入れて、ドアのノブに掛けていた。お母さんからの旅のおみやげはドアの前に置かれていて、何ともいえない気持ちになった。

このような事態になる前に、国としてもっと早くましな対応ができなかったのかと腹立たしい。隠蔽しようとするのも問題だが、危機管理ができていない国の体制って、いったいどうなっているのか。人の命がかかっているさなか、政治家たちは宴会に出席していたとか。他にやることはたくさんあるだろうに。無神経な人たちとしか思えない。

またそんなときにしれっと、検事長の定年延長を勝手に決めたり、いったいどういう頭の構造なのか理解できない。口頭でＯＫだったら、国の文書はいったいどういう意味を持つのだろう。また当の検事長はなくてはならない人物らしいが、他の人たちはそんなに無能なのだろうか。みなその検事長と同じくらい有能なはずだし、規則どおりにやめていただき、後輩にまかせるというのは、公務員として当然なのではないか。国の法律を守るべき法務大臣がまずアウト。そして検事長だって法律はよくご存じなのだろうに、なぜ、そういうことはよろしくないと、はっきり断らなかったのだろうか。自分の欲だけで動いていて、彼らと同年輩の私としては、腹立たしく情けない限りである。もうみんなやめて欲しい。

国のトップが情けないのは我が国だけではなく、中国では昨年の十二月に、ＳＡＲＳ（重症急性呼吸器症候群）の罹患者が多数発生していると警告した若い医師が、地元当局から処分されたと聞いた。患者の治療にあたっていた彼は、自分も感染して三十三歳の若さで亡くなったという。人の命を救おうとして発言した若い医師が、当局からはデマを流したと非難され、そのあげくに命を落としたなんて、本当にお気の毒としかいいようがない。またマスクの枚数が不足しているからといって、買い占めて値段をつり上げ、サイトで販売する輩や、他の商品（それも食品）と抱き合わせでしか売らない店も出てきた。物事が悪く進んでいるときには、その人間の本性が出るという言葉がよくわかる。

先日は会食の予定が二件あって、いったいどうなるのかなと思っていたら、一件は変更なしでホテルのレストランでランチを食べた。世の中がこのような状況なので、空いているのではないかと想像していたが満席だった。もう一件は延期になった。道中、電車に乗っていて、マスクをしている人としていない人の比率は、六対四くらいだった。私と同じように、していない人も想像していたより多かった。ただ通勤の時間帯ではなかったので、満員電車内だともっと着用率が高くなっているだろう。そのなかで使い回しをしているのか、薄汚れたマスクをしているおじいさんがいた。新品が手に入らなかったのかもしれないが、それをつけているほうが、よくないのではないかと思った。

私は喉が弱く、昔からの習慣で外から帰ったら、必ずうがいと手洗いをしている。またネコを飼うようになってからは、触った後は必ず手を洗い、直後に何かをつまんで食べるときには、アルコールで手指を消毒したりもする。だから私の手はいつもがさがさ気味である。自分が風邪気味で喉が痛かったり、咳が出たりするときにはマスクをするけれど、基本的にはインフルエンザが流行っているときも、マスクはしない。もちろん今も外出するときはしていない。ただし咳をしていたり、体調が悪そうな人がいると、失礼にならないようにそっと移動したり、人混みを避けたりはしている。自分の身近では何事も起こっていないし、私自身、感染リスクがほとんどなさそうなので、そんなふうに考えられるのかもしれないけれど。「外に一歩出たら、うつるかも」と過剰に神経質に反応するのもよくない。きちんと栄養のある食事を摂り、よく寝て心配しすぎないようにしたい。

冬はどうも非活動的になりがちなのだが、春が近付く気配がすると、活動的な気持ちになってくる。今年は特に暖冬で、二月なのに信じられないくらい暖かかった。もしかしたら三月にものすごく寒くなるかもしれないが、そうなっても三月は三月なので、春であることには間違いない。

私がやらなければならないのはただひとつ、相変わらずの不要品処分である。昨年末、タンスの引き出しを開けたら、「あら、こんなものがあった」的なものが、数点見つかっていたのだが、頭も身体も冬眠傾向だったので、暖かくなったらやろうと、そのままにしていたのだった。買ったときは、これは便利に使えそうと考えたシンプルなクルーネックのカシミヤのセーターがあるのだが、冬によく穿いている、ゆとりのあるパンツに合うのだろうかと、悩みはじめたのである。膝丈のウールのスカートには間違いなく合うが、それにしか合わないような気がしてきた。おまけに私はそのスカートを、パンツスタイルではちょっと憚《はばか》られる場所でしか穿かないので、年に一度くらいしか着ないのだ。

試しに冬によく穿いているそのパンツに合わせて着てみたが、合うようでもあり、合わないようでもある。つまり似合っているのか似合っていないのか、自分ではわからない。ぴったり、これだといえないものを持っていると、どんどん所有物が増えるので、迷ったものは処分するのが鉄則である。私は引き出しに戻しかけたそのセーターを、潔く処分すると決めた。おばちゃんは冬眠から目覚めたのである。

それからは処分に加速がつき、部屋に積んであった本もバザーに供出するのを決めて、ちょっと時間が空くと、段ボールに詰め込む作業をはじめた。あっという間に五箱になったが、まだまだ本はたくさんある。毎日少しずつ、積んである本、もう読まないであろう本、また手放しても後から手に入りそうな本を、本棚から抜く作業を続けている。これまで自分の本は電子書籍にはしていなかったが、今年から電子書籍にもしていただくことにしたので、紙の本で入手困難だったら、電子書籍での購入も考えたほうがいいのかもしれない。しかし私が再読したい本のほとんどは、まだ電子化されていないのが問題なのだが。

そしてとうとう着物にも手をつけはじめた。老人介護施設に入所して、もう着物を着ることはない母の着物がどーんと家に届き、私の手持ちの着物と合わせて量が倍になってしまったので、知り合いの着物好きの方々にお似合いになりそうなものを譲ったのだが、それでもまだ多い。これから先を考えても、そんなに枚数は必要ではないので、数年前に一回目のふるいにかけたが、二回目のふるいにかけているところである。

着物はもらっても困るベストスリーに入るそうで、洋服よりはサイズの問題は少ないが、身長差が十センチ以内か、着慣れた人でないと、そのまま着ることができない。寸法直しをするにも、複数箇所になると万単位の金額になってしまう。差し上げる場合は相手は、私よりも背が高い方がほとんどなので、そのままでは着られないものをお渡しすることになってしまう。

着物で生活をされている方だったら、着る機会もあるだろうが、何年かに一度しか着物を着ない人にとっては、活用できないものを差し上げても迷惑でしかない。相手に精神的な負担をかけてしまうのが申し訳なく、それだったら知り合いではないけれど、欲しいと思っている人のところに渡ったほうがいいのではないかと思うようになった。以前は、私が働いて買った着物を、着物好きだが性格が悪いおばさんに買われるのはいやだと考えていたが、今はそういう人にでも、着てもらったほうがいいと割り切った。私が手放した後のことを、考えるのはやめたのである。

とりあえず二十点選んで段ボールに詰めた。物を処分しようと決めると、どうして気分が高揚するのかわからない。最近は特に欲しいものもなく、日常生活に必要なものばかりしか買わないので、特に買い物をするときに高揚感はないのだが、不要品を処分するとなると妙に張り切ってしまう。どうやら捨てモードに入ったらしい。これが長く続いてくれるといいのだが。

うちの近所には様々な鳥が飛んできて、目や耳を楽しませてくれている。スズメはもちろん、メジロ、オナガ、ムクドリ、シジュウカラ、キジバトも飛んでくる。昨年、黄緑色のイ

ンコが電線に三羽留まって毛繕いなどをしていて、

（あれはペットが逃げたのか。それとも野生化してしまったのだろうか）

と気を揉んでいた。セキセイインコよりも大きく、インターネットで調べてみたら、ワカケホンセイインコだった。隣室のベランダで餌場を作っているため、それらの鳥たちの姿が近くで見られるようになってうれしかったのだが、冬の間はほとんど見かけなくなっていた。しかし最近はまた、姿を見せるようになった。スズメがベランダの柵に留まり、餌場の餌がなくなっていたのか、何度も小首を傾げたあげく、うちのベランダをのぞき込んで、

「こっちにはないのかしら」

といいたげな表情になっているのが、とても愛らしい。彼ら、彼女たちのお役に立ちたいのはやまやまだが、うちには三月のはじめに二十二歳になった気の強い老女王がいて、何かの拍子に老女王の餌食《えじき》になったら、目も当てられないので、ガラス戸越しに、

「ごめんね。でもかわいい……」

と姿を眺めている。

メジロは毎年、近所のお宅の庭で咲いている花の蜜を吸いに来る。今年もすでに一回見た。塀の内側の敷地にいるからかもしれないが、私が立ち止まって見上げていても、飛び立つ気

配はまったくない。特にいじめたりする人もいないので、このあたりの鳥の多くは、どちらかというと逃げる態勢にはなっていないような気がしている。仕事をしていてふとベランダを見ると、ハトやスズメがガラス戸に近付いてきて、じーっと部屋のなかをのぞいていたりする。

「こんにちは」

と手を止めて、声をかけながら手を振ると、それがわかっているのかいないのかはわからないが、ぼーっとこちらを見た後、しばらくベランダで遊んで、どこかに飛んでいく。私はバードウォッチャーではないけれど、それだけでも何だかうれしい。

そんなことをしていると、寝ていても察知するのか、老女王が起きてくる。そして、

「あなた、何かやってたでしょ」

といいたげな顔をして、

「にゃー」

と低い声で鳴く。

「鳥さんが来たんですよ。ほら、今は電線に留まってるけど」

と指をさすと、いちおうそちらのほうを見るものの、ぼわーっと大あくびをし、ふんっと

鼻息を噴き出して、また自分の寝床に戻っていった。乳母である私が自分ではない他のものに関心を向けるのを、ことごとく嫌うのだ。昔はわあわあと責められたものだが、さすがに老女王も年齢には勝てず、いちおう釘は刺しておくものの、睡魔に負けるようだ。時折、私は前期高齢者になったのに、いったい何をしているのかと情けなくなったりするが、

「まあ、生き物は人間以外、何でもかわいいから仕方がない」

とにやついているのである。

マスクとアマビエ

学校が一斉休校になってしまったので、親御さんたちが困っているようだ。子供たちの兄弟喧嘩は増えるし、それに従って夫婦喧嘩も増え、家の中は殺伐としているという。今の若い人たちは、必要のない我慢はしなくていいといわれて育ってきたらしいので、今がその必要な我慢の時期だと思って、家族でできるだけ円満な方向に向かうような話し合いはできないのだろうか。ただ、いやだ、困ったというだけでは何も先に進まない。そんななかでも何か楽しいこと、面白いことを見つけるのが大切なのだ。子供は自分が楽しめるものを見つけるのがうまいので、きっかけがあれば、家の中でも何か見つけられそうだ。それが自分の手で作り出すようなものであったら、よりいいんだけれど。

ラジオを聴いていたら、共働きの夫婦が、子供たち三人に家事を振り分けたと話していた。高校生の長男は料理担当、家族が毎日、キャベツの千切りを食べるので、中学生の長女はキャベツの千切り担当、小学生の次男はお風呂掃除担当だそうである。子供たちが家にいるのだったら、家事を手伝ってもらうのはとてもいい。一方、夫婦ともテレワークになり、子供も休校という家では、母親の負担が大きくなっているという話も、周囲から聞いた。

これまでだったら、簡単な朝食と夕食を作ればよかったのに、家族全員が毎日家にいる、週末のような状態がずーっと続いている。ふだんはしている外食は避けたい。そうなると家で食事をするため、母親が三食を作り続けるのが負担で仕方がないというのだった。

「家族みんなで作ろうとはしないのかな。お母さんだけに食事作りを押しつけたらかわいそうじゃないの」

私は首を傾げて友だちにいった。

「私もそういったんだけど、夫も子供も無視なんだって。これはお母さんの仕事だからっていわれるらしい」

「そんなの許しちゃだめよ。お母さんは働いて家事もして、体がいくつあっても足りないじゃない」

テレワークといっても、夫は四六時中、パソコンの前にいなくてはならないわけでもないし、そのうちの一、二時間くらい、妻の手伝いをしたっていいではないか。父親が子供に、

「お母さんが大変だから、手伝ってあげようか」

といえば、子供も手伝う気になるだろうに、夫が非協力的すぎると呆れてしまった。

なかには家族が一緒にいるこの機会を利用して、子供に家事を手伝ってくれるように頼んだら、それが結構、上手で、子供自身も気をよくして、積極的にしてくれるようになったという話もある。両親がふだんどおりに通勤している家では、料理に興味のあった高校生男子が、これからは料理担当になると宣言して、今日は何にしようかと、あれこれ献立を考えるのが楽しみになったという。気が重く鬱陶《うっとう》しくなりそうな状況のなかで、できるだけ前向きに生活しようとする人たちを知って、心からほっとした。

マスクの不足のときも、最初はあたふたした人が多かったが、

「ちょっと待てよ」

と気がついた人もいた。この話をしてくれたのも前出の友だちなのだが、彼女は私よりも六歳年下で、ぎりぎり物のない時代を知っている世代である。彼女の周囲ではマスクがないといっていた同年輩の人たちが、

「そういえば親が布でマスクを作っていた。自分も子供のときにしていたのは、ガーゼのマスクだった」

と思い出し、手作りのガーゼのマスクを作りはじめた。ガーゼがない人は家にある木綿の

布で作ったりしたが、もともと難しいパターンではないのですぐにできた。作ってみたら結構楽しくて、家にあった木綿の布でいくつも作ってしまい、

「近所に配ったら、とても喜ばれた」

といっていたという。

またSNSではハンカチを作っている会社が提案した、五十センチ四方のバンダナサイズのハンカチと髪ゴム二本で、たたんで作るマスクの作り方が話題になっていたようだ。それを紹介しているのをテレビで見たが、ミシンも針も使わずに、ものの二、三分で作れるし洗えるし、マスクなしで外出するのが不安な人にはとても便利だろうと感心した。もちろんサージカルマスクと比べると、効果はどうなのかという問題はあるが、多くの人はマスクをしているだけで、安心感があるのだろうから、その気持ちを補うだけでも価値はある。

私たちの世代は、物がなかったので、ないものは自分で作るという生活だったが、若い人たちは便利なものを与えられるばかりだったので、それがなくなったときに不安がつのり、店に在庫がないとわかると、どうしていいかわからなくなってしまう。そしていつもはお金がないといっているのに、インターネットで暴騰しているマスクを買ってしまったりする。

一方でSNSでの情報を参考にして、家族のマスクを作る人も増えてきたのはとても喜ばし

い。電車のなかで手作りであろう、白地に水色の花が並んでいる、かわいいマスクをつけているおばさまを見かけた。彼女もかわいかった。また若い女性が、油絵みたいなタッチのオレンジ色、赤、黒の布地の手作りマスクをしていたが、これもまたかっこよかった。全員が無味乾燥な市販の白のマスクではなく、これからはそれぞれの個性を活かした柄の手作りマスクをつけると、より素敵かもしれない。

一方、マスクは作れるけれど、トイレットペーパーは自分では作れないし、新聞紙を揉んで使うという技が昔はあったが、最近は新聞を購入していない家も多いし、木の葉でも難しいから、買っておかなければという気持ちはわからないでもない。しかし温水洗浄便座が設置してある家では、極端にいえばペーパーなしでも、何とかなるのではないか。温水便座もなくお風呂もないという家では、ペーパーなしは重大な問題になってしまうけれど。

ドラッグストアには開店前からお年寄りが並んで、開店と同時に店内に殺到して、トイレットペーパーを買い占めているらしい。オイルショックのときのトイレットペーパーの争奪戦が、悪いほうの経験として役に立っているのだろうが、ああいった姿がみっともないと思わなかった人が多いということでもある。

「困ったときはお互い様」

という言葉が吹き飛んでしまうような行動は避けたい。3・11のときの経験、反省が何の役にも立っていないのだ。そういう人はいくつになっても、同じ行動を取るのだろう。私の場合は3・11のときに、本当に使用中のものしかトイレットペーパーがなく、それ以来、一袋十二ロール分は余分にストックしておくことにしたので、今回はそれが役に立ち、安心していられた。一人で一日百回もお尻を拭くわけでもないはずなのに、ましてやコロナの感染とは無関係なのに、どうしていまだに売り場にないのだろうか。買い占めをする人たちは、必要な数がわからず、安心感が欲しいために、よりたくさん独占したくなる欲張りなのだ。

国のトップの様々な案件に対する対処の仕方を見ていると、

「いったい、何をやってるんだ」

といいたくなり、他の国ではもっとましなのではと考えていたが、実はそうではないらしい。いつも見ているツイッターアカウントから、たどりたどって、海外に住んでいる留学生のツイッターに行き着いたのだが、彼女は自分が住んでいる国の、コロナウイルスへの対応のぐだぐだに怒っていた。ただし日本よりはましだそうだが。某国もそうなのかと思いながら読んでいたが、想定外の問題なので、各国の対応もスムーズにはいかなかったのに違いない。しかし我が国のトップは、以前からの自らが関わった問題をごまかし続けた結果、海外からも、感染者数をごまかしているのではないかと疑われている。公表されている数が正しいのか正しくないのかは私にはわからないが、海外からも国のトップが信用されていないのは恥ずかしい。

国や東京都のトップがウイルスとの闘いとか、それに勝つとか勇ましいことをいい、不急不要の外出、夜間外出を避けるようにという要請の言葉を聞いても、残念ながら私の心には響いてこず、どこか虚しくなる。根本的に私が彼らを信用していないからだと思う。

ロボットやＡＩが生活のなかに入ってきている時代なのに、今回のような感染症がはやると、結局は神頼みになってしまうのは興味深かった。正直にいうと、そんな人々の感覚が面白かったのである。私もどちらかというとそちらのタイプかもしれない。名前を呼ぶと、いろいろな操作をしてくれる音声アシスタントサービスも、ウイルスを防いではくれないのだ。昔、肥後《ひご》に出現したという妖怪アマビエの姿を、インターネットで見かけ、その姿の愛らしさと、

「最後はここに落ち着くか」

と昔も今も人の気持ちは変わらないのだなと納得した。アマビエというのは手短にいうとロングヘアの魚で足が三本あり、ロックな感じの姿である。アマビエの絵を貼っておくと疫病退散になるとか。アマビコという生物もいて、こちらも三本足なのだが、魚というよりも、獣に近い感じだった。

アマビエもアマビコも、ゆるキャラに通じるような姿で親しみがわくが、端午の節句に飾られる鍾馗《しょうき》様も疫病除けとして、絵が使われていたらしい。私にとって葛飾北斎と娘の応為《おうい》は、興味が尽きない対象なのだが、北斎が描いた鍾馗像はすごかった。当時は疱瘡《ほうそう》除けには赤色が効くといわれ、赤で描かれているのだけれど、こちらをにらみつける鍾馗様の目力に射貫かれるようだった。他の著名な絵師も鍾馗様の姿を描いている。疫病などの悪者（鬼として描かれている）は小柄でひょろっとしているのに、それに比べて鍾馗様は髭が立派で大柄で恰幅がよく、顔が怖くて腕力が強い。ひと目見ただけで勝敗は一目瞭然である。昔の人はこの絵を貼って、これが家にあれば大丈夫と毎日拝んでいたのだろう。私もアマビエの絵を壁に貼りたくなった。

友だち二人に頼まれて、それぞれの娘さんの卒業式のために、去年から振袖や着物の手入れ、アドバイスをさせていただいたのだが、残念ながら卒業式は中止になってしまった。しかし記念写真を撮影して、形になって残ったのでよかったと、いってもらった。そんななかで、先に書いた海外に留学している学生さんがツイッターで、友だちの結婚式のために帰国する予定と書いていた。そのときとは状況が変わったので、彼女が帰国できたか、結婚式が行われたのかはわからないが、いちおう出席するために、日本の結婚式での服装ルールを調べると、そこにピアスはだめと書いてあり、がっくりしたという。これだから日本という国はいやだとも書いていたが、私はそんな話ははじめて知った。

私が高校生くらいの、一九七〇年頃から、耳に穴を空けるピアスというものがあると、一般的な若い女性が知るようになった記憶がある。しかし耳たぶに穴を空けるなんてと尻込みする人も多く、病院にも行かずにいちばん太い安全ピンを使って、自力で穴を空けた強者が同じクラスにいて、みんなで、

「ひょえ〜」

と驚きながらも、ちょっとうらやましかった。私は二十歳のときに三か月間過ごしていた、アメリカのニュージャージー州のアクセサリー店で、穴を空けてもらった。機械で穴を空けるときの衝撃は少しあったが、まったく痛くなかった。

学校を卒業して、結婚式にも何回か出席して、もちろんピアスはしたままだった。誰にも文句はいわれなかったし、マナーの本にもピアスはいけないとは書いてなかった。いちいちピアスをしているのか、クリップ式のイヤリングなのかを、チェックしている人なんて誰もいない。マナー違反なのは、白い服、露出の多い服、スカート丈が短いもの、アニマル柄などの殺生を想像させるもので、華やかにお祝いする気持ちを表すようにとあった。今までの結婚式での他の女性たちの服装を思い出すと、ピアスをしている人はたくさんいた。

しかしなぜ、今になってそんな話になったのか。留学生によると、

「穴を空ける、という意味で縁起が悪い」

という意味づけのようだ。

「はあ？」

である。ちなみに私は結婚式の出席者に、ヘビ革をプリントしたスーツを着ている人がいて、びっくりしたことがあった。それに比べたら、ピアスのどこが悪いのだろう。私が調べた範囲では、そんな説は見当たらなかったのだけれど、わけのわからない屁理屈のようなものが、定説になるのは恐ろしい。誰がそんなことをいいはじめたのだろうか。ひどい話である。

これまで鳴くのが下手だったウグイスが、練習の成果があって、とても上手に鳴けるようになった。毎日、いい声が聞こえてきて、人間の強欲さが剝きだしになった、殺伐とした世の中で、心が和むひとときになっている。歳を取ったら都会に住むほうがいいと考えていたが、鳥の声が聞こえる田舎でぼんやり過ごすのもいいなと思うようになった。イギリスで、自宅待機をしている家族がずっと家にいるので、うれしくなった甘えん坊の飼いイヌが、喜びのあまり尻尾を振りすぎて捻挫したと、インターネットニュースで知った。鳥や動物は本当に愛らしく、心を和ませてくれるありがたい存在だ。

テレビ台からマスク発掘

以前、新型コロナウイルスの感染拡大が続いているなか、私はマスクをしていないと書いた。毎日体温をチェックし、喉の痛みも倦怠感も嗅覚、味覚異常もないので、する必要はないと思っていたのだけれど、その後、無症状でも感染している可能性があると知り、

「これはいつまでも、マスクなしというわけにもいかないかも」

と考え直した。一週間に一度しか外に出ず、同居人がいないひとり暮らしなので、感染の確率は低いとは思うのだが、感染者が減らないことを考えると、

「私がどこかで感染してしまう可能性はゼロです！」

と胸を張ってはいえない。

とはいえマスクは手元にはない。インターネットで紹介されていた、ハンカチやバンダナを使って作る方法を真似しようかなと、マスクの作り方を検索していたら、以前よりたくさんの手作りマスクの情報が得られた。なかには布ではなく、不織布のキッチンペーパーや両

面テープなど、洋裁というよりも工作に近い技術で作れるものを紹介している人もいた。世の中には親切な人がたくさんいるのだ。ミシンは持っていないので、手縫いで作ろうと、型紙をダウンロードして、押し入れの引き出しをひっくり返して布地を探した。正絹の着物のはぎれはあるのだが、洗うのには適さない。木綿の、それも厚手ではないマスクに適するような布地があればと考えていると、突然、

「そういえばオーガニックのダブルガーゼがあったはず」

と思い出した。

数年ほど前、冬の着物用肌着の肌襦袢を縫おうとして買ったものだった。処分した記憶はないし、縫ってもいないので、そのままの形で残っているはずと捜索したら、買ったときのままの状態で残っていた。漂白処理がされておらず、色は真っ白ではなく生成り色なのだが、そちらのほうが肌には優しいかもしれない。それと、ビーズワックスラップを作るときに使ったコットンのはぎれの残りがあるので、表側をコットンにして、肌に当たる側をダブルガーゼにしたらいいかもしれないと、考えはじめたらちょっと楽しくなってきた。が、あらためてそれらのコットンを出してみると、二センチくらいの南国の鳥がびっしり並んでいる柄、明るいブルーの地に水彩画タッチの大きなピンクのバラの花、クリーム色の地に植物図鑑風

の数々の花、ショッキングピンクの地に明るいブルーや黄色のサイケデリックな花柄など派手目のものばかり。柄自体はどれもよくて、ラップには最適なのだが、おばちゃんがするマスクを作るとなると、派手じゃないかと首を傾げた。電車の中で手作りマスクをしている人を見かけるが、どの人もご自身の雰囲気に似合っていた。いちいち人がしているマスクなどチェックしていないだろうが、やはり自分に合ったものにしたい。表も裏もダブルガーゼを重ねればいいかもしれないなどと考えたりもした。

たしかここに生成り色の手縫い糸のストックがあったはずと、テレビ台の引き出しをさぐっていたら、糸は見つかった。そのついでに引き出しを整理しようと、中にあった家電の取扱説明書などを捨てていると、奥のほうに何かがひっかかっていた。うちのテレビ台は、本体の奥行きが五十三センチあるのに、なぜか引き出しの奥行きは四十三センチしかない、せこい造りになっていた。うちに届いたときに、ちょっとむっとしたのだが、通販で寸法をきちんと確認しなかった自分が悪いのだと、そのまま使っていた。

引き出しを抜いて取り出してみると、何とそれは未使用の二袋のマスクだった。何年か前にインフルエンザの大流行があり、念のために買っておいたもののような気がする。そのときに使わなかったので、そのまま残っていたのだった。五枚入りが二袋、十枚は確保できたので、とりあえず手作りマスクについては保留となった。

外出から帰ったときは、除菌+消毒成分が入っているポンプ式の液体ハンドソープで、ピコ太郎がおすすめしていた方法で手を洗っている。この石けんは私が買ったものではなく、台所の隅の物入れから発掘したものだった。数年ほど前にコンビニで物を買ったら、くじを引くようにと店員さんにいわれ、引いて中を見せたらくれたのだった。しかし私は基本的な石けん成分のものを愛用しているので、

「これは使わないな」

と思ったのに、バザーに出すのを忘れて、台所の隅に突っ込んでいたのだった。

また液体ハンドソープと一緒に、アルコールスプレーも出てきた。私が掃除が苦手なため、それを改めようと掃除好きな人の話を集めた本を読んでいたら、多くの人がこのアルコールスプレーを使っていたのだった。台所用品に使えるのはもちろん、食品にも使え、お弁当を作るときに、弁当箱に噴霧しておくと安心だと書いてあった。なるほどと思ったのだが、そのときは近所に売っている店がなく、通販で買う必要もないかとそのままにしておいた。

それから一週間ほどして、いつも食材を買っているスーパーマーケットに、このスプレーが山積みにしてあった。ふだんはそんなはやりのものは売っておらず、珍しかったこともあ

って、とりあえず買っておくかという軽い気持ちだった。しかしふだんから除菌に神経質ではないので、夏場にちょこっと使ったくらいで、コンビニでもらった液体ハンドソープと一緒に、突っ込んでいたのだった。それが今回、役に立った。アルコールハンドジェルがなくても、このふたつでまかなっている。整理整頓する性格の人だったら、すぐに家から出してしまっただろうが、私の不精な性格がよかったようだ。

仕事や家族構成によっては、そのような除菌、消毒に関する用品やマスクが必須な人もいる。それなのに、マスクが安く買えるというメールが届いて、そこに記載されているＵＲＬをクリックすると、大手通販サイトにそっくりな偽サイトにとんで、パスワードを盗む詐欺があるそうだ。マスクがどうしても欲しくて、ついクリックしてしまう人もいるかもしれない。

その一方で、厳密には詐欺ではないのかもしれないが、通常であれば安価で買える商品がとんでもない価格で売られていたりする。某大手通販サイトの古書でも、とんでもない価格が付けられているのを見るが、それは緊急に必要がある人以外は、無視すればいいだけの話である。しかしウイルス対策のために、除菌、消毒をする物品がどうしても必要な人たちは、古書を求めている人たちよりは、はるかに多いだろうし、特に現状では健康状態に直結する問題だ。値段をつり上げて販売しているのは、転売ヤーといわれているらしいが、そんな業者には納得できない。人としてどうなの？　といいたくなる。

私は同じものを買っていないのでわからないのだが、どう考えても千円程度だと思われる、携帯用の六十ミリリットルのアルコールジェルの価格が七千円！　なかには一万四千円で売られていたりする。七千円で買っている人もいるので、どんな気持ちなのだろうかとコメントを見てみたら、

「どこにもなかったので買えてよかった」

などと書いてあった。なかにはやむをえず買ったものの高すぎると書いている人もいたけれど、だいたいが、

「他よりも安く買えてよかった」

という書き込みだった。転売ヤーに礼をいう必要などないと思う。もしかしたらサクラなのかもしれないが。

いったいどれだけ値段をつり上げているんだと調べてみたら、私が山積みになっているのを買ったスプレーは、千円ちょっとだったはずだが、それが十倍以上になっていて、一万円を超えている。そんなひどい価格をつけた売り主の、住所、名前などを確認しては、

「ふーん」

と呆れている。私が見た限り、このスプレーを直近で買っている人はおらず、カスタマーQ&Aでは怒っている人がほとんどだった。

人の足元を見て、高額で売ろうとするふとどきな輩に対しては、とにかく買わないことが大切だが、どうしても必要な人もいる。まず医療従事者に必要な物品が届くのが先決だが、ふだんの生活のなかで同じ品物を必要としている人たちにも、少しでも早く行き渡るようにしてもらいたいものだ。ちなみに食材を買うために近所のスーパーマーケットに行ったら、アルコールハンドジェルが入荷していた。携帯用の二十五ミリリットル入りのもので、値段は税抜きで三百四十八円だった。

みんなが求めているのは、いちばんにマスクだろうけれど、ドラッグストアでのマスク販売が、開店と同時ではなくなったと、友だちから聞いた。彼女はドラッグストアの近所に住んでいて、開店の少し前から並んだりしていたらしいのだが、自分の一人、あるいは二人前で入荷分が終わりになり、いつも買えないのだといっていた。各ドラッグストアも、店の前にずらっと並ばれると、ソーシャルディスタンスを守るどころではないだろうし、お達しもあったようで、いつ陳列するかわからない方式にしたらしい。

その友だちの知り合いの学生が、都内某区のドラッグストアでアルバイトをしていたのだが、マスクの販売が開店時ではなくなったとたん、開店からずーっと、マスクの陳列棚の前で待っているおばさんが出てきたそうだ。アルバイトが品出しをしていると、

「ねえ、いつマスク売るの？　ねえ、いつ？」

としつこく聞いてくるのだとか。

「さあ、わかりません。アルバイトなので」

というと、

「じゃあ、店長に聞いてきてよ」

とマスク売り場を気にしつつ、後をくっついてくるのだという。午前中から食事用のパンを持参し、ずーっと待っているといっても、トイレには行かなくてはならない。彼女の不在を狙って品出しをしているわけではないのだが、陳列したマスクは出した瞬間に売れてしまい、運の悪い彼女はこれまで一度も買えていない。そして毎日、棚の前でずーっと待っているというスパイラル状態らしい。

その店のアルバイトは、学生以外、

「体はともかく、精神的にもたない」

とみんなやめてしまった。マスクが買えない客が、店員たちに向かって暴言を吐きまくり、それに耐えられなくなったからだった。学生は他の区の同様の店でもアルバイトをしたけれど、客の雰囲気が全然違うと呆れていたという。他店にもクレーマーはいて、それは一人か二人なのだが、今の店ではじいさん、おばさん、子連れの若い母親たちの暴言がひどい。

「年長者はまだわかるんですけど、子連れのお母さんたちに、罵倒されたのははじめてです」

子供のため、自分のために必死になっているのかもしれないが、暴言を吐き激怒したところでマスクがほいっと出てくるわけではないので、何とか自分の気持ちを抑えられないのだろうか。みんなで、

「コロナウイルスよりも、人間のほうがずっと怖い」

と話していたという。3・11のときもそうだったが、窮地に陥ったときに、人の本性がわかる。様々な性格の人がいるのは当然なのだけれど、自分で自分の感情をコントロールできない人間が多いのだなあとため息をつきつつ、それもまた仕方がない現実なのかもと思う。政府による、休業、営業自粛に対しての毎月の補償もなく、生活費、家賃、ローン、保育園などの心配があったら、ヒステリーを起こしたくなるかもしれない。でもヒステリーもＤＶ

も何の解決にもならないことをわかって欲しい。みんなでこの状況を冷静に、かつ楽しみを見つけて過ごしていきたいものだ。

週に一度の外出兼食材買い出しの日、電車に乗ると車内はがらがらだった。マスク使用率は95%。私は電車に乗ると座らないで立っている習慣なのだが、七人掛けに一人、あるいは二人といった、ソーシャルディスタンスを守っている状況だった。七人掛けに中年女性が一人、座っていたのだが、駅に到着すると男性の二人連れが乗ってきて、彼女とひと席分離れて座った。しかしそれは彼女の考えるソーシャルディスタンスとは違ったらしく、あわてて誰も座っていない席に座り直した。ところがまた駅に着いて彼女のそばに人が座ると、またあわてて座席を替わろうと席を立って右往左往していた。それならば私のように立っていればいいのにと思ったが、電車に乗るのも大変そうだった。

公私ともにお世話になった美人で素敵な女性から、とてもいい香りのハンドクリームをいただいた。スイートバイオレット&マグノリアの香りである。私はクリーム類を買うとなると、つい無香料を選んでしまうので、いい香りがするものといったら、好きで買っているお香くらいしかない。

「いい香りとわかっているうちは、とりあえずはまだコロナに感染している可能性は少ないのかも」

と、毎日、洗いすぎてふだんよりもさらにがさがさになっている手にすりこんでいたら、状態がよくなってきた。ありがたいことである。いい香りが大好きなうちの老ネコも、熱心に匂いを嗅いでうれしそうだった。


インターネットニュースの項目を眺めていたら、

「お尻　静かに反省の日々送る」

とあった。えっ？　お尻も？　と、よくよく見てみると、

「沢尻　静かに反省の日々送る」

だった。前期高齢者になっても、おとなしく自粛をしていても、私のおっちょこちょいは直らないらしい。

相変わらず家にいる日々

相変わらず家にいる日々であるが、週に一度、漢方薬局に体調チェックをしに行くのは続けている。ついでに食材の買い出しもするので、この外出がないと食べる物を調達できなくなるのである。薬局の温厚な先生が珍しく、昨今の政治家たちの言動に、

「何とかならないのか！」

と怒っていた。あれだけ胡散臭《うさんくさ》い事柄が続いていて、突っ込まれると、「ご批判は真摯《しんし》に受け止める」とか「私の責任」というくせに、

「あの人たちは何ひとつ責任をとっていないではないかっ」

という。その通りである。何度も、

「何とかならないものか」

と聞かれたので、私は、

「なりません」

と答えた。周辺の方々ともども一斉にお引き取りいただかないと無理だろう。

そのうえ先生は、

「百合子もだめだ。あの人も何ひとつやっていない。ステイホームしかいわないじゃないの」

という。私は現都知事が当選したときの選挙公約のうち、何を実行していないのかは厳密にはわからないのだけれど、事あるごとに英語を使うのが本当にいやだ。私は、やたらと会話のなかで横文字を使いたがる人は、自分が頭がよく仕事ができると見せたがるタイプと思っているので、私にとっての彼女はそのうちの一人である。政治家は、老若男女、どんな人に対してもわかりやすく自分の政策を伝えるのが基本ではないのか。その点でどうなのかと首を傾げてしまう人が多いのが残念だ。

先生のところには、今回のコロナの問題で、休業に追い込まれたり、廃業を考えている人たちからの、体調の相談だけではなく経営の相談もあったようだ。そういった人たちは、

「ああ、ドイツに住みたい。メルケル首相なら信用できる」

とか、

「ニュージーランドに移住しようか」

といっていたと聞いた。メルケル首相は理路整然と物事を説明できる方だし、文化を大切にし、芸術家に対して手厚い保障をしている。ニュージーランドのアーダーン首相のメッセージ動画は、私はインターネットで見た。彼女は三十七歳で首相に就任し、翌年出産して産休をとり、公務に復帰した人である。

彼女は執務室から、あるときは自宅からトレーナー姿でロックダウン中の国民に呼びかけていた。特別、難しい言葉を使っているわけではなく、親しみを込めて国民に呼びかけていて、人に対する自然体の思いやりのある言葉を話すのだ。英語がわからず字幕で内容を知った私の心にもしみてきた。日本語で話しているのに、何をいっているんだか意味がわからない政治家とは大違いである。彼女は自分たちに嘘をついていないという信頼感が持てる人だった。私もこの動画を見て、ニュージーランドに住みたいと感じたのは事実である。

一部の独裁的な政治をする人たちと違って、彼女たちには心の豊かさ、広さが感じられた。しかし残念ながら我が国のトップには、その心の豊かさが感じられない。心の育ち方が貧しいのだろう。しかしそれも大人になって自分が気がつけば、いくらでも気持ちひとつで身につけられるものだが、それをしてこなかった。若い頃はまだそれでも許されるかもしれないが、いい歳になってもそうだと、気の毒としかいいようがない。ただ私は今の彼ら彼女たちに対して、気の毒だとか哀れみの感情は、一切、持たないけれども。

漢方薬局の先生はたまたま霊能者の高齢女性と顔を合わせる機会があり、試しに自分について聞いてみたら、当たっていたので、

「世の中で悪いことをしている人は、罰が当たるものなのか」

と聞いてみたのだそうだ。私は、

「ずるいことをやっている人は、誰にもわからないと思っていても、絶対にどこかで罰は当たると思うけど」

といつも考えていることを話したのだが、先生は首を横に振って、

「その人によると、そうじゃないんだって。たとえばそういう悪い人には、来世で罰が当たるかもしれないけれど、悪い人間でもいい思いをしたまま、無難に人生を終わることも多いんだって。来世に持ち越しっていうのはないわよね。前世で他の人に悪いことをした記憶がないんだもの。そのときに罰が当たらなくちゃ、周囲のまじめにやっている人間はたまったもんじゃない」

といった。悪い奴らにきちんと罰が当たっているのを知ると、溜飲が下がるけれども、そうでなければずっと胸のあたりが、もやもやしたままだ。霊能者のいっていることが当たっ

ているのかそうでないのかは、確かめようがないが、悪い人、ずるい人たちには、やっぱり現世で罰が当たって欲しい。

関西に住んでいるお友だちのイラストレーターの土橋とし子さんから、かわいいお手製の品々をいただいた。東京のコロナ騒動が収まらないので、気にしてくださったようだ。彼女のイラストが全面に印刷された、薄手の紙袋、アフリカの藍染めの布で作られたティッシュケース。その他、海外のネコが写ったポストカードや浮世絵から写した「新板猫の踊づくし」の古い絵はがき。薄い紙袋一枚とってもとても愛らしく、私はこれまでいただいたものも、コースターやティッシュ入れはふだん使わせてもらっているが、他のものはもったいなくて使えないので、紙類を入れてある引き出しに大切に入れている。土橋さんとのお付き合いは、二十年以上になるのだけれど、出会ったときと変わらない、イラストのパワーがすごい。特に毎年作られている干支のカレンダーが、これまた超かっこよくて、そのセンスとパワーに驚かされるばかりだ。これももったいないので大事にしまっているが、いただく年賀状は厄除けの御札のかわりに、一年間、ずーっと壁に貼ってある。

こんな素敵なプレゼントと同便で、アベノマスクもやってきた。とりあえず洗おうと手洗いしたら見事に縮んだ。測ってみると市販の一般的な大人用マスクよりも幅が五センチ短い。もともとの布地をけちったのだろう。他の大臣や官僚はしていないのに、首相が意地のようにつけているのを見ると、鼻をカバーすると顎が出るという、大きめの眼帯ぐらいの大きさしかないので、予想はしていたけれど、想像したよりもずっと縮んだのでびっくりした。

アベノマスクを改造して、ベツノマスクを作るのを洋裁好きの方々がしているのをインターネットで知って感心し、私もこのまま使う気にはならないので、ベツノマスクを作ろうと解体作業に入った。結局このマスクは、ガーゼをぱたぱたとたたんで、ゴムを通す両端を縫い止めただけの簡単な作りのものだった。香港の化学が専門のクウォン博士が考案した、HKマスクが顔にフィットすると評判がいいので、型紙をダウンロードしておいた。先月にも日本製の型紙をダウンロードしておいたのだが、比べてみるとカーブの角度などが微妙に違う。どちらにしても、曲線が多いマスクの型紙は、仕事が終わってちょこちょこっと作るにはハードルが高いと思い、まずは四角い布をたたんでプリーツを作るマスクにしようと決めた。

手持ちの布のうち、マスクの柄に選んだのは、明るいブルーの地に水彩画タッチの大きなピンクのバラの花の柄だった。どうせ作るなら、人がしていないものをと、私もやぶれかぶれになっていたのかもしれない。アベノマスクを解体して裏に使うためにカットし、表布と二枚重ねて縫い、プリーツをたたんでゴムを入れる部分を縫うと、あっという間にマスクができた。つけてみると、気温が高い日だったので、もうめっちゃくちゃ顔が暑い。プリーツのおかげで布地が何重にもなるので、冬はいいかもしれないが、これからの季節向きではない。プリーツのかわりに、曲線の型紙で顔にフィットするＨＫマスクタイプのほうがいいかもしれないと、作ったベツノマスクは解体してしまった。

ところがそうこうしているうちに、またマスクが売られはじめ、私も友だちにもらったり、天然素材のマスクも高額な価格でもなく三枚だけ購入できた。これからやってくる暑さを考えると、サッカー地とか綿麻とか、そういった材質でないと辛いのではないかと予想している。私は冬でもよほどでないとマスクをしないので、初夏から夏にマスクをした経験がなく、いったいどうなるかわからない。ともかくマスクをしないで外出するのはまだ難しいと思うので、仕事を一日休んで、ＨＫマスクを作るのに専念しようと考えている。

以前に書いた、検事長の定年延長問題は、著名人、芸能人を含めてツイッターで大騒ぎになった。いったい今後、どうなるのかと見ていたら、

「はあ？」

というような結末に。自粛要請期間中に新聞記者らと賭け麻雀をしていたとスクープされ、辞任したのだ。あまりにばかばかしくて怒る気にもならず、脱力した虚しい笑いしか出てこない。偏差値の高い大学、大学院の学生が、基本的な事柄を何も知らないのがばれるクイズ番組があるが、東大出で余人をもって代え難いといわれた人物でも、やっちゃいけないことはわからなかったらしい。自分の社会的な立場ではなおさらだ。

「定年延長をゴリ押ししようとした政治家も当人も、何をやっとるんじゃ」

である。

私は母親が病気で倒れてからはしていないが、麻雀は大好きである。十年以上遠ざかっているので、役に関してはうっすら覚えているが、せっかく覚えかけた点数計算はすっかりきれいに忘れた。麻雀の面白さは十分知っているつもりだが、今、やるなんてどういう神経なの？　といいたい。新型コロナウイルスが武漢《ぶかん》で広がりはじめたとき、麻雀をやっているところに警察官が複数やってきて、その場にいた四人を怒鳴りつけ、ものすごい勢いで、鉈《なた》か何かで卓を叩き壊している映像を見た。おまけに世の中は自分の定年延長で揉めているのである。ふつうの人だったら、自粛要請がなかったとしても、

「なるべく目立たないようにしておこう」
と考えるのに、三密が禁じられているなか、卓を囲むのは信じられない。自粛要請のなかでも、パチンコ店に並ぶ人たちは大勢いたし、それと同じように彼も自制できなかったのだろう。私も月に二、三回どころか、一週間に三回やっていたこともある。でも今はやっちゃいけない。おまけにその後の、ただ怒られただけで終わりの処分もひどかった。現時点では彼に高額な退職金が支払われるそうだが、私の払った税金が、そんな顚末で彼に支払われることに、憤りを感じると書きたいところだが、ただただ情けなくてため息しか出てこない。

インターネットで、国内の新型コロナウイルス感染症の終息はいつになると思うかという医師に対するアンケートで、千三百四十六名から回答を得て、いちばん多かったのが二〇二一年七月以降の33・5％だった。次は二〇二〇年八月～九月の20％、三番目が二〇二〇年十月～十二月の16％だった。これは再録記事だったので、元の記事をあたってみたら、医師にアンケートをとったサイトがちゃんとあり、それぞれの回答が抜粋して掲載されていた。外出自粛中に健康面で気をつけたほうがいいこと、運動不足、過度な受診抑制、依存症リスクなどについて、様々な分野の医師が親切にわかりやすく回答していた。しかしそのなかで、感染症予防に対する気の緩みを防ぐためにはという問いに、三十代・呼吸器外科・大学医局員が、

「手指衛生概念の啓蒙。一日、数回レベルの素人の手洗いで菌の接触が防げるわけがないと思った方がいい」

と答えていた。

「傲慢だなあ」

というのが私の第一印象だった。たしかに医療従事者から比べれば私たちは素人かもしれないが、それを指導する立場が医師なのではないか。他の先生方は回答からそのような思いやりの気持ちが感じられるのに、この人の回答にはそれはまったく感じられない。素人などといったりして、小馬鹿にしている印象しかなかった。

こういう人に自分の体を診てもらうのは本当にいやだ。集会を自粛するようにいわれたときに、歓迎会をやっていた大学の研修医のお馬鹿たちと同様だが、頭はいいのかもしれないが、基本的に医学を生業とする者として、適性がないのではないか。彼らは若く、これから日本の医療を担う立場だが、私としてはますます病院嫌いになっていくばかりである。医局

員、研修医はまだ若い。これから医師としての人格の伸びしろはあるのだろうか。それを期待したいけれど、三つ子の魂百までという言葉もあるからなあ。

食材の買い出しからの帰り道、路地を歩いていたら、午後なのに起きたばかりにみえる二十歳そこそこのマスクをつけていないカップルが、だらだらとだらしなく歩いてきた。体をぴったりと密着させながらこちらに近づいてくる。するとその男の子が着ていたTシャツに、

「毎日が地獄です」

と大きくプリントしてあって、見たとたんに噴き出しそうになった。

(きみも辛いだろうが、みんなも辛いんだからもうちょっと我慢しよう)

私は笑いをぐっとこらえ、うつむきながら彼らとすれ違ったのだった。

テレビは不要といいながら

自粛要請が緩和されて、いつものように窓を開けて仕事をしていると、自粛要請前に聞こえていた、ご近所の音が戻ってきたような気がする。自粛中には、突然、ぎゃーっという子供の叫び声が響いたり、近所のお母さんが子供を大声で叱りつけたり、あまり聞きたくない音が聞こえたりした。いつもは必ず聞こえてくる、ご近所の方々の路地での立ち話の声もしなかった。不穏にしーんとしているなかに、泣き声と怒声が聞こえる不思議な状況だった。そんななかで、相変わらずのウグイスやスズメの鳴き声、リコーダーを練習しているらしい突拍子もない、

「ピオーッ」

という甲高い音が時折聞こえてくるのが、微笑ましくて楽しかった。夕方から夜にかけて大雨が降ると、

「ウグイスは大丈夫か」

と心配になったが、翌朝、元気に鳴いているのを聞くと、ほっとした。しかし春先からずっと鳴きっぱなしなので、

「そんなにこのウグイスはもてないのだろうか」

と別の不安がわいてきた。彼にとっては不幸かもしれないが、もてなくてもいいから、いつまでも元気で鳴き声を聞かせて欲しいと思っている。


最近はほとんどラジオを聴いているのだけれど、たまにテレビを見ると、末期的だなあと思うようになった。3・11のときもそう感じたのだけれど、今回、新型コロナに関する報道を見ていて、テレビは本当にいらないと、意を強くした。若い人はすでにテレビを見限っているようで、どんな番組を見ているかと聞くと、

「テレビは全然見ない。見るのはネットフリックスかＹｏｕＴｕｂｅ」

といっていた。


私が子供のときは、一億総白痴化といわれ、テレビによって日本人がだめになるといわれていた。それでもテレビの力は強かったし、いい番組も多かった。他の局に問題があっても、ＮＨＫだけは信頼できる局だったが、今はそうではないので、信じられるものがなくなった。

若い人は感覚が鋭いので、これはだめだと思ったらすぐに離れるのだ。

私はテレビや本があったおかげで、不仲の両親の間で子供としての逃げ場があったし、よくも悪くも様々な情報源だった。しかし自分も歳を取り、テレビ番組がテロップなどで、感情の押し売りをするようになってからは、うんざりして見なくなってしまった。

「あんたたちに、私の感情を操作されたくない」

と不愉快になった。昔のテレビ画面はもっとシンプルだった。しかし何年か前からは、画面の隅にワイプとかいう、窓みたいな小さい四角が登場して、そこに出演者の表情が映し出されるようになった。なぜこんな演出が必要なのかわからない。

「この人はこういう表情をしていますよ」

というアピールのつもりだろうが、作り手がいったい、視聴者に何に集中して欲しいのかまったく理解できない。たまに映されているのがわからない出演者が、素になってぼーっとしていたのに、自分が映されていると知ると、急に表情を作ったりするのが妙な感じである。うちのテレビは26インチなので画面が小さい。そのなかにごちゃごちゃと、隅っこの四角や上部、右側、左側の長方形、L字形など、いろいろなものを詰め込まれると、見づらくてしょうがない。だからといって大型テレビに買い替えるつもりはない。

昔も買えないのではなく、親の教育方針でテレビのない家庭があった。私が子供のときもクラスに一人だけ、テレビが家にない男子がいた。月曜日、登校して、みんなで週末のテレビ番組について盛り上がっていても、彼は黙っているしかなかった。話が合わないのがかわいそうで、私たちは必死に彼に面白さを伝えようと、テレビの出演者の真似をして頑張った。みんなで役割分担をして、

「お前は植木等《ひとし》をやれ」

などと命じ、まじめにコントを再現してみせた。拙《つたな》い小学生の真似事でも、彼が笑ってくれると、それでほっとしたのだった。

それが子供の表現力を伸ばす訓練になったかもしれないが、植木等の「およびでない」や、病床に臥《ふ》せっているおとっつあん役のハナ肇《はじめ》に、娘役のザ・ピーナッツがおかゆをあげるおかゆコントが、彼にうまく伝わったかはわからない。やっぱり間接的ではなく、テレビで見たほうがずっと面白かっただろう。子供の頃は毎日、テレビ漬けの生活だったが、中高生になると深夜放送の全盛期で、私の関心はラジオに移った。それでもテレビの番組は面白く、ニュースは重要で正しい情報を得られるものという認識だった。しかし歳を重ねるたびに、そうではないとわかってきた。

前回の東日本大震災のときに、きっぱりと見限ればよかったのに、なんとなくまだテレビが家にあるので、つい一日に二時間程度は見る。ラジオもいろいろと問題はあるものの、まだ、テレビよりはましのような気がする。うちのテレビは耐用年数を超えていて、たまに調子が悪くなるのだけれど、壊れたら新しいものは買わず、これからはなしで済ますつもりだ。

週に一度の電車に乗って外出する日だったのだが、途中、マスクをするのを忘れたのに気がついて、あわてて戻ってまた出かけた。用事のある場所の最寄り駅に到着して歩いていると、道路にふだんよりたくさんの人が出ていて、みな手にスマホを持って、空を見上げている。いったいどうしたのだろうと思いながら歩いていると、道路際の比較的大きな病院から、看護師さんが飛び出してきて、とてもうれしそうな顔をしながら、ぴょんぴょんと飛び跳ねている。もちろん手にはスマホである。そして空を見上げながら、あちらこちらに場所を移動し、あとからやってきた看護師さんと一緒に、

「また、来るよね」

などといっている。何が来るのかと首を傾げて歩き続けると、幹線道路に行き当たった。この道路を越えて五、六分ほど歩くと、目的地に着くのだが、ここでも広い歩道に十人ほど

の人が集まり、マスク姿の老若男女が楽しげにスマホを手に会話をしている。それを見ていてはじめて、ああ、そうだ、今日はブルーインパルスが飛ぶ日だったと気がついた。駅周辺の人も、看護師さんたちも、この歩道にいる人たちも、みな飛行機が飛んでくるのを楽しみに待っていたのだ。

時間でわかるのか、おじいさんが、

「もう来るよ、来るよ」

とみんなに教えていた。するとしばらくして轟音《ごうおん》が聞こえ、南のほうから道路を北上するように、いちばん前に一機、次に二機、後ろに三機の六機の飛行機と、編隊の傍らを飛んでいる一機の合わせて七機が飛んできた。

「わあ あ」「きれい」

と歓声があがり、みんなスマホで撮影していた。真っ青な空で、私の頭上をブルーインパルスはスモークをなびかせて飛んでいった。ものすごくきれいで幸せな気持ちになった。偶然にも見ることができて、本当によかった。気持ちが晴れ晴れとした。

用事を済ませて家に戻り、インターネットで、無事、飛行は終わって基地に着陸したと知って、ほっとした。あの飛行は卓越した技術がないと相当に危険と聞いている。あの体勢を守りながら飛ぶのは大変な緊張感だろう。ブルーインパルスの飛行を素敵だと感じたのは、私のなかで自衛隊の存在の問題や、国の政策の良し悪しとは別の話である。なかには、「あんなことに無駄金を使っている、その分を医療従事者に配ったほうがいいのに」といっている人々もいた。そのなかには自分も創作活動をしている人がいて、私は、

「うーん」

とうなってしまったのである。

医療従事者の方々は、日々大変な思いをされている。彼らにはできるだけの金銭的援助をしたほうがよいと、私も思う。しかし彼らの労をねぎらい、心を癒やすのは金銭だけなのだろうか。たしかにお金はとても大切だけれど、創作活動をする人は、いちばんそうではないことを知っているはずなのにと、少しがっかりした。きっとそういった考えの人は、お金がいちばん大切なのだろう。その後、ブルーインパルスの飛行にかかった経費は約三百六十万円だったと発表された。私も今の政権は大嫌いだが、「坊主憎けりゃ袈裟《けさ》まで憎い」というのはどうなのだろうか。坊主は坊主、袈裟は袈裟なのではないか。総理が官邸の屋上から手を振ったというのを知って、

「ふんっ」

とは思ったが、やはりブルーインパルスは素敵だった。まだ少し先だが、冥土《めいど》の土産ができたと思っている。

前期高齢者になり、何か新しいことをはじめたいなあと思うようになった。とはいっても三味線も中途半端な状態で中断している。母が病気で倒れたために、そうせざるをえなかったのだが、そうこうしているうちに飼いネコが二十二歳の老齢になってしまったので、こちらの介護も考えなくてはならなくなった。おかげ様で老ネコながら特に問題もなく、快眠快便で食欲もあるのだが、人間の年齢でいうと百歳は超えているので、いつ何時、何があるかわからない。ネコのほうも不安なのか、私が外出するのをますますいやがるようになったので、ネコのために生活スケジュールを組み立てているようなものだ。ネコには長生きして欲しいけれど、この子を見送った後でないと、再びお稽古をはじめるのは難しいと考えている。

となると家でできるものをと考えていると、英語はどうかと頭に浮かんだ。現代の英語は私が数十年前に習ったものとは違い、より現実に即している。世界で話されている言語のベストスリーは、中国語、スペイン語、英語の順番というデータを見たことがある。中国語は北京《ペキン》語、広東《カントン》語とあり、通用するのも局地的だし、スペイン語はスペインに行ったとき、興味を持ってちょっとだけ勉強したが、日本語に比してフレーズが長く、覚えられそうになかった。となると英語しかない。

フランス語は大学のときに習ったが、いくつかの単語と、「これは何ですか」「トイレはどこですか」「わかりました」くらいしか覚えていない。脳の働きからすると、これまで耳にした経験がない言語を勉強したほうが活性化につながるらしいのだが、そうなるとその国でしか通用しないし、できるだけ多くの国で話されている言葉のほうがよさそうだった。私はどうしても本や文字に頼りがちなので、テキストを使わず、耳から聞いてそれを口に出す方式で勉強したほうがいいのではと、英語の語学放送や、インターネットでの英語学習などを試しに聴いてみたが、聴いているときは理解できるのに、いざ口にしようとすると、

「あわわわ」

となり、必ずひとつかふたつ、単語が欠落する。文法を理解しておらず、そのまま鸚鵡《おうむ》返しにしようとするからだろう。また基礎英語でも結構難しく、勉強したはずなのにすらすら出てこない。今から四十数年前、アメリカに行ったときは、わからないときはすべてジェスチャーでやりすごし、それでもわかってもらえないときは、諦めようとしたのだが、周囲のアメリカの人々が、

「諦めるな、トライ！」

といってその場から立ち去らせてくれなかった。日本人だったら、

「あーあ、わかんなかったねえ。残念だったねえ」

で済ませられるのになあと思いつつ、ジェスチャーとへたくそな発音を繰り返していたら、やっとわかってくれた人がいて、何とか買い物ができた。私の単語を理解したおばさんは英雄扱いだった。私はどっと疲れた。英語を勉強して何に使うのかといわれたら、世界中、新型コロナ騒ぎで容易に往来できなくなってきたし、特に海外に積極的に行こうという気持ちもない。ただ何か勉強したい気持ちのみなのだ。


そんなとき、めずらしく日中の時間帯にテレビを見ていたら、ジャニーズ所属のあるグループの男の子たちが出ていた。様々なクイズが出され、正解を重ねる子が多いなか、ある男の子といっても三十歳なのだが、その子はどちらかというと学校で習う事柄のクイズが苦手なようで、誤答を繰り返していた。しかし彼は勉強は苦手だが、美術、芸術などの分野には感覚が鋭く、直感を必要とする場面では大活躍だった。

そんななかで日本語を英訳せよという問題が出た。祖父、祖母、父、母……といった、家族を表す英単語で、ほとんどのメンバーが正解するなか彼は、

「祖父　ゴッドファーザー」

と書いていたりして、英語も苦手なのがよくわかった。しかし私はある解答に目が釘付けになった。彼は、

「妹　ミニブラジャー」

と書いていたのである。それでは姉は何ブラジャーなのかという疑問は別にして、何という面白い感覚なのだろうか。もしかしたら彼の頭のなかでは、記憶の片隅にあった「ブラザー」とごっちゃになっていたのかもしれない。しかしこれは英語ができる人は絶対に書けない。

私はその答えを見て深く感心し、英語が堪能になるよりも、恥をかいたとしても「妹はミニブラジャー」と答える感性が欲しいと、英語を勉強するのはやめた。そして母国語である日本語をもうちょっと勉強しようと方針転換をした。テレビは不要といいながら、たまにこういった偶然の面白さにでくわしてしまうので、映像が映るテレビは、まだ家から出せないでいるのである。

人生二度目のかき揚げ作り

知り合いのデザイナーご夫婦の飼いネコが急死したとの連絡をいただき、ぼーっとした日々をしばらく送っている。会ったことはないのだけれど、今もブログやインスタグラムの画像を見ると涙が出てくる。その子は昨年の十一月に保護されて、そのときの年齢が五歳くらい。外ネコで御飯をもらいにそのお宅に通っていた子だった。白地に黒い点々が七個あったので、ナナクロちゃんと名前をつけてもらった。ぷっくり太っていて愛嬌があり、顔は大きなおにぎり形で、かわいい子だなあとブログやインスタを楽しみに見ていた。そして雨の夜に御飯をもらいに来たところを、飼い主さんが保護すると決めて、それから室内暮らしになったのである。

体は大きいのに性格が優しいので、いつも餌場争いには負けていた。それを心配したご夫婦は、何日も家に来ないと、その子を探して町内を歩き回り、駐車場にいるのを見つけて、御飯をあげるほど面倒を見ていた。そして家に来ないので、また駐車場にいるだろうと行ってみたら、すでに他のネコに場所を取られていて、そこにはいないといった具合で、大きな体でもボスにはなれないタイプだった。

家に通っているときでも、ずんずんと室内に入ってきて、本人は最初から、

「この家で暮らすんだ」

と決めているような気がしていた。それに応えてくださった飼い主さんの優しさがうれしくて、それを知ったときには、

「お家に入れてくださってありがとう」

と私はすぐにご夫婦にメールを送ってしまったくらいだった。

それからのナナクロちゃんの喜びというか甘えっぷりは半端ではなく、いつもお父さん、お母さん、お祖母様に抱っこをねだり、腕の中でうっとりと満足そうな顔をしていた。外ネコのときはややこわもての感じだったが、家ネコになったとたん、目がくりくりとまん丸になり、子ネコみたいに愛らしい表情になった。お祖母様のベッドで、先輩ネコのココアちゃんと一緒に寝たり、お祖母様の食事のときにはテーブルの上にのって、じっと食事の様子を眺めたりしていた。外にいた子なのに、食べ物に手を出さないのが本当にえらいのである。

いちおうティッシュペーパーの箱で、お皿の前に砦を作ってはあるのだが、その上に顎をの

せて、じっと見ているのが定番だった。ハンドクリームの容器の上に顎をのせてじっと見ていることもあった。

とにかく表情も態度も何もかもが愛らしく、毎朝、パソコンを立ち上げるときに、今日はナナクロちゃんは何をしてくれるのかなと楽しみだった。世の中はコロナ騒動で陰気な雰囲気に傾いていたが、彼の姿を見ると素直に心から笑え、日に何度も見返していた。ところが保護してから七か月ほど経ったとき、突然に亡くなってしまったのだ。飼い主さんからいただいたメールによると、前夜、いつもと同じように御飯を食べ、寝ているときにちょっと呼吸が早いような気がしたので、明日、病院に連れていこうと考えていたら、翌朝、亡くなっていたという。淡々としたメールを読みながら、私は現実が受け止められず、

「えっ、何が？　本当に？」

と頭の中が混乱した。私の見間違えではないかと、何度もメールを読み返したが、内容は変わらなかった。ブログやインスタに、ナナクロちゃんがタオルの上で横たわっている姿の画像が掲載されていたが、本当に寝ているとしか思えない安らかな表情で、ひょっこりと、

「お腹がすいたよー」

と起きてきそうで、亡骸《なきがら》を見てもまったく信じられなかった。

以前、この飼い主さんのお宅で暮らしていた、ヨウカンさんというネコが大好きで、そのご縁でお宅に遊びに行かせていただいたこともある。ヨウカンさんも残念ながら亡くなったのだが、年々、歳を取っていく姿を見ていたので、こちらは何となく心の準備はできた。もちろん亡くなったときはとても悲しかったけれど、年齢もあるから仕方がないと、自分を諦めさせることもできた。しかし今回は、あまりに突然だったので、言葉もないというのはこのことかと思った。SNSをやっていると、見ている方々に悲しいお知らせもしなくてはならず、飼い主さんはどれだけ辛いだろうかと胸が痛んだ。

最初は神様というものがいるのなら、何て非情なんだろうと腹立たしかったが、もしかしたらナナクロちゃんの寿命を知って、何とか幸せな余生を過ごさせてやろうと、いちばん好きな人の家ネコになれるように、してくれたのかもしれないと考えた。それだったらもうちょっと一緒に住む年月が長くてもよかったのではないかとは思うが、寿命が決まっていたのだったら仕方がない。ただ家ネコになってからは、今までの外での生活の何千倍、何万倍もの幸せを味わったはずなので、最期は好きな人たちに見送ってもらってよかった。幸せなネコ生を送ってよかったねといってあげたほうがいいのだなと思った。

とはいっても悲しいのには変わりはない。画像、動画の平面でしか知らない私が、こんなに悲しいのだから、実際に抱っこしたりしていた飼い主さんの悲しみは計り知れない。他にも一緒に暮らしているネコちゃんたちがいるので、その子たちの姿を見るのも楽しみだったが、やっぱりナナクロちゃんの姿が見られないと寂しかった。すると飼い主さんの希望に応えて、ナナクロちゃんの絵を描いてくれる人がたくさん現れ、これまでのナナクロちゃんの写真と一緒に、アップされるようになった。鉛筆デッサン風あり、油絵で丁寧に描き込んだものありと様々なのだが、それがどの人もよく特徴をとらえていた。上手下手など関係なく、どれもが素敵なのだ。みんな対価など考えず、素直に自分の心から湧き出る、虹の橋を渡ってしまったナナクロちゃんに対する気持ちを表現したからだろう。

多くの外国人の方々から、たくさんのお悔やみの言葉が並んでいたのにも驚いた。中東、ロシア、中国、台湾、インドネシア、イタリアなど、世界各国の人が悲しんでいるのを知って、これだけの人がナナクロちゃんを見てくれていたのだと、うれしかった。私の気持ちも最近はやや落ち着いてきて、保護される前の、やや、やさぐれた表情のナナクロちゃんを見て、

「あはは」

と笑っている。もちろん一抹の寂しさはあるけれど、短い間であっても私たちを幸せな気

持ちにさせてくれてありがとうと、心から御礼をいいたくなった。姿は見えなくなったけれど、今でも飼い主さんの家の中にいて、

「ぼく、お腹がすいたんだけど……」

といいながら、歩き回っているような気がする。

東京の新型コロナウイルスの感染者が増えているようだ。ウイルスは勝手に動くのではなく、人が運ぶものと聞いていたが、まさにそのとおりなんだなと納得した。人の動きが活発になるのにしたがって感染者も増えるのは仕方がない。相変わらずテレビ、ラジオはただ日々の陽性者数を伝えるばかりで、退院した人の数は伝えない。これまでの陽性者、死亡者の数は画面には映し出されているけれど、回復者については一切報じない。こうなると累計により陽性者は増えるばかりで、じわじわと、

「次は自分か」

と思わせるような方向になっている。もちろん残念ながら亡くなられた方もいらっしゃるのだが、多くの方は退院している。私が今、原稿を書いているときに見たのは、二〇二〇年七月二十日二十時十五分の東京都の更新データである。

累計陽性者数　九千五百七十九人
累計退院者数（療養期間経過含む）　七千三百十二人
累計死亡者数　三百二十七人

これらを除くと現在の陽性者数は、千九百四十人ということになる。そのうち入院しているのは、

軽症・中等症　九百七人
重症　十三人

残りの方々はホテルでの宿泊療養、自宅療養、入院・療養等調整中ということになる。

もちろん無症状の感染者、入院している方々、特に重症者、死亡者がゼロになるのが好ましいのだが、現状ではこれから感染者の数が増えていく可能性はあるにしても、陽性者が九千五百七十九人と千九百四十人の数字をぱっと見たときの印象は相当違う。どうしてより不安を煽るような数字をいつまでも使っているのかが疑問だ。一般の人には意味がないのではないか。必要なのは累計ではなく、今、現在、どれくらいの人数が感染しているのか、検査数はどれくらいで、それによる陽性率はどれくらいか、なのではないか。「気の緩み」も考えてみれば失礼な言葉だが、いったいあんたたちはいつまで不安や恐怖を世の中の人に押し

つけたいのかと勘ぐりたくなる。

私の周囲でも四十代でとても怖がっている女性がいたので、

「基本的な手洗いやうがい、人が集まる場所ではマスクをしたほうがいいけれど、毎日のデータを見てる？」

と聞いたら、そんなことはしていない。ただテレビで見ていたら、どんどん陽性者の数が増えていくから怖いといっていた。彼女の頭には、累計の陽性者の数と死亡者の数はあるが、回復した人の数はなかった。サイトを教えると、スマホですぐに調べて、

「ああ、今はこれだけの人数なのですね」

と納得していたが、インターネットを利用していない高齢者は、こっそりと特定のサイトでそんなことをやられていても、知る術がない。ただただ感染を怖がるだけだ。気分が落ち込みがちになっている人もいると聞く。多くの高齢者はテレビを頼りにしているのだろうから、きちんと筋の通った情報を与えて欲しい。私と同じことを求めている人はたくさんいるのに、相変わらず同じ内容を繰り返しているのはなぜなのか。まったく理解できない。「ＧｏＴｏキャンペーン」もみんな大人なんだから、自分の頭でよく考えて、行きたい人は行き、行きたくない人は行かなければいいのだ。

見たい番組の録画予約をして、お風呂に入ろうと、点けていたテレビを消そうとしたら、料理番組でエビと茗荷《みょうが》のかき揚げを作っているところだった。それからすぐにお風呂に入ってしまったので、詳細はわからないのだが、たまたま両方とも冷蔵庫に入っているので、作ってみようかなと思い立った。エビは無頭で三、四センチのボイル済みのものが、特売になっていたのでそれを買ってあり、茗荷もそばの薬味にして余るほどの量がパックになっていた。衝動買いしてこれまで使い途がなかった、百八十グラム入りの米油もある。

早速、翌日の晩御飯に作ってみた。以前、かき揚げを作ろうとして、材料を油に入れたとたん、見事に崩壊してただの天かすになった経験があり、それ以来、揚げ物は避けていた。料理上手の人に聞いたら、

「それは油の温度が高かったせいね」

と教えてくれた。前に一度失敗しているので、今回も同じ失敗はできないなあと緊張しつつ、まず水を冷蔵庫に入れて冷やしておいた。衣に氷を入れたり、とにかく衣を冷やしておいたほうが、失敗しないと小耳にはさんだ記憶があったからだった。分量はわからないので、すべて適当。小さいかき揚げ二枚分でエビ八尾、茗荷はエビの分量とバランスを見て、一個

半を輪切りにした。それをボウルに一緒に入れ、小麦粉を全体に適当に振りかけ、そこに冷水を加えて、足りなそうだったのでまた小麦粉を加え、練らないようにざっと混ぜる。こんなものかなといった具合で、かき揚げの準備ができた。

フライパンに米油一本をすべて入れて火をつける。様子を見ながら衣を入れて温度を確認し、木べらに材料をすくって、静かに油の中に入れた。今回は入れたとたんに散らばることもなく、ちゃんとまとまってくれている。残りのもう一枚分も入れてじっと見ていると、なかなかいい具合である。手持ちぶさたなので、やっていいのか悪いのかはわからないが、スプーンで油をすくって、上からかけたりした。ひっくり返すときに崩壊するのを避けたいので、油から浮いている部分に少しでも火を入れておこうという魂胆である。

しばらくして上下をうまくひっくり返すことができ、今回はエビはボイル済みだし、茗荷にも火を通す必要はないので、衣がいい感じに色づいたところで、キッチンペーパーの上に置いて油切りをした。見た感じはちゃんとできていて、早速食べてみた。

「おいしいじゃないか!」

私にしては上出来だった。これに冷凍コーンを加えてもいいかもしれないと、次につながる希望も持てた。料理好きの友だちが、

「私は揚げ物をするときは、いつも米油を使うの。そのほうが油っぽくないから」

といっていて、少量入りのものを見つけ、試しに買っておいたものを使ったのだが、食べてみると友だちがいっていた通りだった。揚げ物を避けていたのは、揚げたとしても出来上がったものが油っぽくて、前期高齢者のひとり暮らしには労多くして功少なしだったからだ。しかし百八十グラム売りの米油だと、フライパンでひとり分を揚げるのにはちょうどよく、残りの油もこれくらいの量だったら、短期で消費できる。

「これだったらもっと豪勢なかき揚げもできるし、鶏の唐揚げも作れそう」

料理嫌いの私としては、珍しくレパートリーが増える大チャンスが訪れたのであった。


かき揚げがうまくいって、翌日、気分よく仕事をしていたら、鼻の穴に小さな羽虫が飛び込んできた。わっと思ってあわてて追い払ったのだが、換気のために少し開けておいた玄関ドアから侵入したらしい。洞穴と間違えたのだろうか。私にとってはコロナ云々よりも腹立たしい出来事だった。

あとがき　このごろの小福と災難

人生はよいことばかりが起これればいいけれど、実際はそうではない。新型コロナウイルスの蔓延《まんえん》もそうだろう。商売をたたんだり、失業したり、資金繰りに苦労したりと、様々な弊《へい》害《がい》が出ているのも事実だ。これらは災難である。収入が減った人たちに対して手厚い補償をしろとか、病床が足りないのは、厚労省や医師会がそれまで手を打たなかったせいではないかとか、文句はいろいろとあるけれど、この件があって、日本の上に立っている人たちが、どれだけ私利私欲に走っていて、頼りにならないかがよくわかった。ただ彼らを選んだのは私たちであるので、そこのところは胸に刻んでおくべきだろう。

私の場合は、母親、老ネコがそれぞれ老衰で亡くなり、それも急だったのであたふたしてしまった。本文に何度も登場する、私を僕《しもべ》扱いにしていた老女王と呼んでいたうちのネコは、風邪ひとつひいたことがなく、とても元気な子だった。しかし昨年十月の終わりから水しか飲まなくなり、獣医さんからは、理由は老衰といわれたのも納得していた。五日後に後ろ足が動かなくなってきたので、これからの介護を覚悟していたら、半日後に亡くなってしまった。二十二歳と七か月で、人間でいえば百八歳くらいの大往生ではあったのだが、悲しいというよりもあっけにとられてしまったのが正直な気持ちである。うちのネコらしい最期だったと思う。

一方で、それぞれの生活のなかで、小さな福もあったのではないだろうか。ステイホームで家族と話す時間が増えた、子供の成長を見守れた、家事を家族で分担するようになった、などなど。逆にコロナ離婚やＤＶ問題も多かったと聞くが、相手の本性がわかってよかったと、前向きに考えたほうがいい。困ったときに人の本性は露呈するものなのだ。

老ネコに旅立たれて独居になった私には、母とネコのために室内に花を絶やさない新しい習慣ができた。何ひとつ、いいことなんかないという人でも、天気のいい日に青空を見上げれば、少しは気分が晴れるだろう。誰もが自分のそばに必ずある、小さな福を見つけられますようにと願っている。

いぬんこさんには素敵な装画を描いていただきました。心より御礼申し上げます。

二〇二一年二月　　群ようこ

本書に登場する化粧品や日用品類は現在では入手が難しいものもあります。
また、漢方薬局に関するお問い合わせにはお答えできません。
ご了承ください。

初出
「集英社WEB文芸レンザブロー」
二〇一九年一月二十五日～二〇二〇年八月二十一日
単行本化にあたり、加筆・修正しました。

装画　いぬんこ
装丁　大久保伸子

群ようこ（むれ・ようこ）

1954年東京生まれ。日本大学藝術学部卒業。広告会社勤務などを経て「本の雑誌社」入社。1984年にエッセイ『午前零時の玄米パン』で作家としてデビューし、同年に専業作家となる。小説に『無印OL物語』などの〈無印〉シリーズ、『おたがいさま　れんげ荘物語』などの〈れんげ荘〉シリーズ、『今日もお疲れさま　パンとスープとネコ日和』などの〈パンとスープとネコ日和〉シリーズの他、『かもめ食堂』『また明日』、エッセイに『きものが着たい』『たべる生活』『これで暮らす』、評伝に『贅沢貧乏のマリア』『平林たい子伝　妖精と妖怪のあいだ』など著書多数。

小福《こふく》ときどき災難《さいなん》

2021年4月10日　第1刷発行

著　者　群《むれ》ようこ

発行者　徳永 真

発行所　株式会社集英社

〒101-8050　東京都千代田区一ツ橋2-5-10
電話【編集部】03-3230-6100
【読者係】03-3230-6080
【販売部】03-3230-6393（書店専用）

印刷所　大日本印刷株式会社
製本所　ナショナル製本協同組合

ISBN978-4-08-771745-7　C0095